DREAMBOOKS*

의 원강호

기공흑마 신무협 장편소설

ORIENTAL FANTASY STORY & ADVENTURE

dream
books
드림북스

의원강호 10

초판 1쇄 인쇄 / 2016년 4월 11일
초판 1쇄 발행 / 2016년 4월 21일

지은이 / 기공흑마

발행인 / 오영배
책임편집 / 편집부
펴낸 곳 / (주)삼양출판사 · 드림북스

주소 / 서울시 강북구 도봉로 173
대표 전화 / 02-980-2112 팩스 / 02-983-0660
편집부 전화 / 02-980-2116 팩스 / 02-983-8201
블로그 / blog.naver.com/dreambookss

등록번호 / 제9-00046호
등록일자 / 1999년 3월 11일

ⓒ 기공흑마, 2016

값 8,000원

ISBN 979-11-313-0574-4 (04810) / 979-11-313-0216-3 (세트)

* 지은이와 협의하에 인지는 생략합니다.
* 잘못된 책은 구입하신 곳에서 바꾸어 드립니다.

이 도서의 국립중앙도서관 출판시도서목록(CIP)은 서지정보유통지원시스템홈페이지
(http://seoji.nl.go.kr)와 국가자료공동목록시스템(http://www.nl.go.kr/kolisnet)에서
이용하실 수 있습니다. (CIP제어번호: 2016009057)

의원강호

10

기공흑마 신무협 장편소설

ORIENTAL FANTASYSTORY & ADVENTURE

dream
books
드림북스

목차

第一章 끝내다   007

第二章 변화   029

第三章 그래도 간다   055

第四章 무럭무럭 자라다   075

第五章 아집? 자존심?   093

第六章 눈 가리고 아웅하기   121

第七章 얽히고 얽혀짐   137

第八章 새로운 무식(武識)?   155

第九章 반쯤 정답   179

第十章 옮겨진다는 것   199

第十一章 생각지 못한 걸 주다   217

第十二章 쓰고 보자   241

第十三章 낭인의 폐해   257

第十四章 무제한 대련   281

第十五章 그, 돌아오다   301

第一章
끝내다

운현이 달려 나가던 그날.

바쁜 와중에서도, 이곳 주인의 성격을 드러내듯 언제나 조용조용하기만 한 이통표국이 쩌렁쩌렁하니 울렸다.

"아버지!"

감히 이곳에 표행으로 들른 손님들이라 하더라도 이리도 크게 외치지는 않을 게다. 적어도 이곳 이후원의 집무실에선 더더욱 그러했다!

하지만 운현의 지금 모습은 평소와 달랐다. 오랜만에 환한 기색이다.

그동안의 무공을 자랑하기라도 하는 듯 경공을 펼쳤는데,

그 모습이 표홀하기만 했다. 그의 품에는.

'이거면 된다.'

이번에 만들어 낸 환들이 가득 들어 있을 뿐이었고, 그 환들이 운현에게 기운이라도 불어넣어 주는 듯 그를 흥분하게 만들었을 뿐이다.

후에 운현이 증폭환이라고 이름 붙일 그 약.

지금 당장 운현을 흥분시키고 있는 약의 효능은 하나다. 오로지 단 하나의 기를 증폭시켜 주는 약이다.

환화세공.

그가 실마리로 삼아 추적하고 있던 환화세공의 기운을 증폭시켜 줄 뿐이다.

독초들도 넣으며, 그를 중화하기 위한 약초들도 넣었지만 가능한 기능은 오직 그거 하나뿐이다.

영약도 되지 못하고, 그렇다고 약으로는 쓰려야 쓸 수 없는 약이다.

그마저도 운현이 환화세공의 기운을 기억하는 덕분에 겨우 만들어졌다. 쉽사리 얻어진 것은 아니다.

평소라면 개똥보다 쓰임새가 없는 것이 이 증폭환이다.

하지만 이런 상황에서는 아니었다.

서로를 의심해야 하고, 누가 첩자인지 알아내야 할 상황에서 이거보다 쓸 만한 건 또 없었다.

기운에 대해서 잘 알고, 기운으로 말미암아 깨달음을 얻은 운현만이 만들어 낼 수 있는 약이다. 그래서일까.

평상시답지 않게 잔뜩 흥분한 채로 집무실에까지 결국 도착한 운현이다.

덜컥—

대답도 듣지 않고 집무실의 문을 열어 재꼈다. 대뜸 찾아온 주제에 이러다니, 전혀 운현답지 않다.

그럼에도 이후원은 놀란 기색을 금세 지우고서는 아들을 향해 물었다.

"무슨 일이더냐?"

"만들어 냈습니다! 드디어요!"

"무얼?"

"이게 저희를 도와줄 겁니다."

운현이 자랑스레 자신이 가져온 증폭환 중에 하나를 품에서 꺼내 들었다.

지난 시간을 보상하는 듯, 깔끔하니 향긋한 향 따위는 풍기지도 않았다. 약간의 썩은 내. 좋지 못한 냄새가 흘러나왔다.

그게 이후원으로서는 옛 생각을 나게 한 걸까?

독한 향이 오래전의 기억을 들추었을지도 몰랐다.

"흠? 또 약 실험이라면…… 부작용은 없더냐?"

그래선지 이후원이 인상을 잔뜩 찡그린다.

둘째 문환이 어릴 적 운현의 약 실험으로 한참 고생했던 걸 떠올린 듯하다.

잘못된 운현의 약을 먹은 문환은 배탈에서부터, 설사는 기본 심할 경우 앓아눕기까지 했다.

그래도 내공이 늘었다고 좋아하던 둘째의 모습을 생각하면 한때의 추억이려니 하지만.

'지금에 와서야 그러면 안 되지……'

자신을 의심하는 듯한 아버지의 태도에 답답한지 운현이 가슴을 탕탕 치며 말했다.

"약 실험이 아닙니다. 제가 먼저 먹어도 문제는 없었단 말입니다."

"그래?"

운현이 직접 실험을 했다는 것에 조금 안심을 한다. 그래도 당한 걸 많이 봐 와서 완전히 의심을 지우지는 않은 이후원이다.

"이건 다른 데 효능이 있는 게 아닙니다. 영약도 아니고, 독약도 아닙니다. 내공도 하나 안 늘죠."

아니 그런 쓸데없는 약을?

'대체 무엇에 아들이 그리 흥분을 했던 걸까?'

좋은 재료를 써서 쓸모없고 독한 향을 뿜어내는 약을 만들었다는 것에?

남들에게는 신의라 불리며, 평소 자랑스러운 아들이지만 이럴 때면 도무지 믿음직스럽지가 못했다.

"그럼?"

"대신 기운을 증폭해 줍니다."

"기운을?"

"네! 이게 그 암약하던 조직의 기운을 증폭시켜 줄 수 있단 말입니다!"

"호오!?"

드디어 넘어왔는가!

운현이 속으로 쾌재를 부른다.

'놀라셨겠지.'

미심쩍은 눈을 하던 이후원의 눈이 크게 뜨여진다.

아들이 짧은 시간 만에 이런 것을 가져올 거라곤 생각도 못 하셨을 거다.

아무리 아버지라 할지라도 이런 식으로 약을 제조할 수 있을 줄은 상상도 못 했을 테니까.

운현이 그런 아버지의 태도에 더욱 신이 났다.

"그러니 이거만 먹으면 될 거라 이 말입니다. 물론, 조금의 부작용은 있을 수 있긴 합니다."

"……부작용?"

"예. 뭐…… 잘못하면 다른 기운이 심어질 수도 있긴 합니다."

"허어! 그건 위험한 것 아니냐?"

심법에 기운은 중요하다.

이종진기가 들어오게 되면 아무리 고수라 해도 손해를 면치 못한다. 심할 경우 주화입마에도 빠지는 게 이종진기의 침입 아닌가.

해서 내공 대결을 벌이면 둘 중에 하나는 사망으로 이어진다. 이긴다고 하더라도 그 손해가 막심한 경우도 있다.

'그런 걸 가져오다니…… 허허.'

반쯤 넘어가 있던 이후원이 질색을 하는 것도 당연한 이야기다.

하지만 운현은 자신이 있었다. 어릴 때에 깜짝 발휘했던 약장수의 기질이 그에게 아직 남아 있었다.

"그 정도야 하루 정도만 심법을 돌리면 됩니다. 고작 하루면 되는 겁니다. 심한 것도 아니잖습니까?"

"흐음…… 하루라."

하루.

그리 긴 시간은 아니다.

하지만 애매한 시간이기도 하다. 이 약을 먹으면 적어도 하루 동안은 이종진기가 침투해 올 수 있다는 것 아닌가.

거기다 무공을 쓰기도 힘들겠지. 적어도 하루 동안은 전력 외가 되는 거다.

'약효는 지금으로서는 딱 좋은 것이긴 하나…….'

이후원으로서는 걸리는 바가 있었다.

"반쯤은 독약이로구나? 결국 이종진기를 심는 것 아니냐."

"엄밀히 말하면 그렇긴 하네요?"

"허허."

이런 고얀 것.

가끔 보면 의원이면서 약에 관련해서는 조심성이 뚝 떨어지고는 하는 아들이다. 어렸을 때 고쳐진 습관인가 했더니, 다시 툭하고 튀어나온다.

이래서 세 살 버릇은 여든까지 간다는 말이 있는 건가 하고 실감을 하는 이후원이었다.

하지만 이어지는 아들의 말엔 그도 수긍을 할 수밖에 없었다.

"의심암귀의 상태보다는 낫지 않겠습니까?"

"흐음……."

서로가 서로를 의심하는 것과 이종진기를 심어 하루 정도 전력 외가 되는 것.

그 둘 중 하나의 무게를 재라는 소리다.

약장수 같던 아들이 진지한 표정을 지으니 이후원 또한

같이 진지한 표정을 짓게 된다.

'양자택일인가.'

보통이라면 시간을 들여 사람을 찾겠노라 말하겠지만, 의심을 한다 해서 숨어 있는 첩자를 무조건 잡을 수 있다는 건 개소리나 다름없다는 걸 안다.

이후원도 어리석지는 않기에 아들의 뜻을 모를 수는 없었다.

"얼마면 준비가 끝나느냐?"

결국 서로를 의심하는 것보다는 아들의 뜻에 따라 하루 정도 전력 외로 하는 것을 선택한 이후원이다.

"하루에 수십 알도 됩니다. 문제는 저 말고는 구별을 못한다는 거겠지요."

"여러 가지 허점이 많은 약이로구나?"

"어쩔 수 없습니다. 개량을 진행한다면 또 모르지만 금방 만든 약이지 않습니까."

"그건 그러하구나. 금방 만든 약이라……."

약이란 게 쉬운 게 아니다. 아들이 만든 오행환도 수년간 개량을 하고 있는 약이다. 지금도 개량을 하고 있기도 하다.

그러니 저 약도 수없이 개량을 거쳐야 하겠지. 하지만 상황이 급하니 덜컥 가져온 걸게다.

그래도 어쩔 수 없겠지.

혹여나 약의 부작용으로 잘못되어도 아들이 치료를 해낼 거다. 신의가 아닌가. 다 죽어 가던 첫째도 살렸는데, 그 정도야 해낼 거다.

"좋다. 지금부터 돌아오는 자들부터 시작하자꾸나."

"하루 몇이면 되겠습니까?"

"스물!"

"고작 스물요?"

"그래."

이통표국 표두가 열다섯. 표사가 이백이 훌쩍 넘는다.

거기에 짐을 이고 나르는 쟁자수까지 하면? 오백은 더 되는 수가 이통표국에 종사하고 있다.

가업치고는 그 규모가 어마어마한 수준이다.

그런 표국 사람들을 고작해야 하루에 스물씩 약을 먹이고 찾아낸다?

하루 스물씩 못해도 이십오 일은 소비된다. 한 달이란 시간 동안 또 무슨 일이 일어날지 모른다.

해서 운현은 부족함을 느꼈다.

"적군요. 적어도 너무 적습니다."

"그래도 어쩔 수 없다. 표국의 일은 돌아가야 하니까."

"그건 알지만……."

"어차피 허점이 많은 약이지 않더냐? 개량도 해야지."

"개량이 되면 수를 늘리면 된다 이것이로군요? 어려운 주문이네요."

이 짧은 시간 만에 약을 만들어 낸 것도 대단한 일이다. 그런데 그 시간 안에 개량까지라?

말이 쉽지 이게 쉬울 리가 없다.

하지만 이어지는 이후원의 말에 운현도 도전 의식을 불태울 수밖에 없었다.

"허허. 그래도 신의라 불리면 의당 해야 하지 않겠느냐?"

"……신의가 허명이란 건 알지만."

"그래도 그 정도는 해야 하지 않겠느냐?"

"그리 말씀하신다면 어쩔 수 없군요. 이번만 속아드리죠."

명백한 아버지의 도발이다. 할 수 있다면 해내라는 도발. 그걸 알면서도 운현은 속아 주기로 했다.

'새로운 도전이 되겠군.'

약 사용 허가가 났다. 동시에 개량을 해야 한다.

그리고 사람을 찾아내야겠지. 이통표국에 숨어 있는 첩자를 찾아내야 한다. 그와 함께 의방의 사람들도 약을 먹일 거다.

의방에도 있을 첩자를 찾아낼 생각이다. 그리하자면,

'할 일이 많다.'

몸이 하나가 아니라 열이라도 되는 듯이 움직여야겠지.

지쳤나? 아니. 더 이상 지치기만 할 때가 아니라는 건 이미 잘 안다. 더 시간을 끌 생각도 없다.

당장에 움직여야 했다. 매일같이 적들의 선공만 맞기보다는 반격을 제대로 해 줘야 할 때니까.

주지 하나로 끝이 난 게 아님을 확실히 아니까, 더욱 분발해야 했다.

"그럼 당장 밤부터 의방으로 사람을 보내 주시죠! 저는 저대로 준비하고 있겠습니다."

"바로 말이더냐?"

"예. 한시가 급한 일이니 당연합니다. 그럼 먼저 갑니다."

"허어. 그래. 그려려무나."

운현이 고개를 푹 숙이고서는 인사를 올린다. 무언가 활동적이다. 전과는 미묘하게 달라진 모습이었다.

＊　　　＊　　　＊

'없나?'

약초의 배합을 바꿔 갔다.

무리하지 않는 선에서였다. 배합을 함부로 바꾸다가는 원하는 약효가 안 나오거나 자칫 독초가 될 수 있으니까.

그러면서 꾸준히 사람들을 불렀다. 하루에 표국에서 스

물, 의방에서 다시 서른씩이다.

의방이 더 많은 이유?

단순하다. 더 많으니까. 호북 각지에서 아이들을 받아들인 의명 의방이다.

많은 돈을 벌어들이는 거 같지만, 그만큼 나간다. 아이들을 키워야 하니까.

이미 전소된 적벽현을 포함하여 다른 지역에 있는 아이들까지 합하면 그 수가 물경 육백에 다다랐다.

꽤 많은 수다. 호북이 어지러우니 고아가 많았고, 그 고아들을 데려다 자립을 시키고 있는 거뿐이다.

물론 아직까지는 다 자라지도 않았다. 성과도 거의 없는 편이고.

그래도 어려운 아이들을 데려다 보살핀다는 건 꽤 보람된 일이었다.

그럼에도 그 아이들도 첩자 후보군에 넣을 수밖에 없었다. 아이라고 해도 일단은 확실히 하는 게 좋았다.

'모든 게 이상향과 같을 수는 없으니까. 확실히 하는 게 나중을 위해서 좋지.'

해서 우선적으로 등산현에 있는 의방 사람들과 표국 사람들을 데려와 증폭환을 먹이는 거다. 이들이 끝나면 약초꾼들 중에도 약을 먹여볼 생각이다.

표면적으로는 보약이라 속여야겠지.

그런 식으로 속여 한 번에 한 명씩 방에 들이고, 빠르게 증폭환을 먹여 확인한 지 보름이 더 지났다.

그런데도 나오질 않았다. 단 한 명도.

'실종된 자가 첩자의 전부란 말인가?'

라는 희망이 운현에게 생길 법도 했다.

자기와 같은 편에 있다 생각한 자가 알고 보니 첩자라는 사실은 꽤나 뼈아픈 것이지 않나.

그러니 쓸데없이 약을 소모한다고 해도 차라리 환화세공의 기운이 안 느껴졌으면 하는 바람이 있는 그다.

그런데,

"으음? 왜 그러십니까?"

"아, 아닙니다."

대체 저 의원은 왜 몸을 떠는 것일까.

아버지 이후원이 지난 술자리에서 표사들한테 농으로 했던 말이라도 들은 건가?

"우리 운현이…… 어릴 때 어땠는지 아나?"

"어땠습니까?"

"아주 둘째 형을 잡아먹었네, 잡아먹었어!"

술에 취해서 말하던 자신의 흑역사. 약을 제대로 만들지 못할 때 벌였던 일. 그에 대한 소문이 잠시 우스갯소리로 났었다.

지금이야 신의라 불리지만 신의로 불리기 이전의 흑역사다.

그래서 종종 자신이 약을 먹인다고 할 때, 떠는 자들이 있기는 했다. 하지만 눈앞의 인물은 그 정도가 심하다.

'설마…….'

운현에게 불안감이 엄습한다.

저자는 의원.

그것도 중년이다. 운현의 약을 먹고도 문제가 없다는 건 다 들었을 거다. 동료 의원도 먹었으니까.

그런데도 몸을 떤다. 어디가 아픈가 하면 그것도 아니다. 느껴지는 기운은 정상.

환자를 고치다가 되려 기가 쇠하기도 하는 의원치고는 아주 팔팔하다.

설마 하는 생각이 든다.

운현은 떨리는 내심을 속으로 삼켜 감추었다.

그러고는 최대한 평상시와 같게 행동하면서 종이에 잘 싸여져 있는 증폭환을 꺼내어 들었다. 두 개다.

"드시죠."

그가 운현의 손에 쥐어진 두 개의 증폭환을 바라본다.

무언가 이상하다는 의문의 눈초리를 한다. 소문보다 약의

개수가 많아서겠지.

"하, 하나 먹으면 됩니까, 신의님?"

운현이 고개를 가로로 젓는다. 단호했다.

"아니요. 두 갭니다. 방 의원."

방 의원. 성은 방 씨, 이름은 운환. 운현과 어감이 비슷해서 친근감을 느끼곤 했던 그의 이름이다.

그가 묻는다. 몸을 떨며.

"두 개요?"

"예. 두 갭니다."

확실한 게 좋겠지. 그는 그리 생각했다. 두 개라고 약효가 두 배라는 단순한 논리는 먹히지 않지만.

'약효는 분명 더 강해지지.'

설사 독에 중독이 된다고 해도 자신이 치료를 하면 된다. 그 정도 능력은 충분히 있었다.

덜덜.

운현의 손에 쥐어진 두 개의 증폭환을 자신의 손으로 가져간다. 수전증이라도 걸린 듯 손이 떨린다.

"그, 그럼……."

그의 손이 떨린다. 운현의 마음도 떨렸다.

'제발 아니길…….'

그가 증폭환을 하나 입에 가져다 댄다.

"크으……."

쓴맛을 느낀 듯 신음을 내뱉는다.

여기까진 좋다. 다른 이들도 이 약은 쓰게 느낀다. 향도 독하니 도무지 맛을 즐기려야 즐길 수 없는 약이다.

몸에도 안 좋고, 약효도 없는 쓰레기 같은 약이다.

"……."

그가 약 하나를 애써서 꿀꺽 삼키는 게 느껴진다. 분명 목울대를 타고 넘어갔다. 남은 건 하나다.

하나 삼켰는데 환화세공의 기운이 느껴지는가? 아니. 지금은 느껴지지는 않는다. 하지만 직감이란 게 있다.

운현이 단호히 말했다.

"다른 하나도 마저 드시죠."

"바로 말입니까?"

"예. 바로요."

의심은 거의 확신이 되어 가고 있었다.

다시 손이 떨린다. 삼킨다.

"크으……."

그리고 느껴지지 말아야 할 것이 느껴진다. 익숙한 기운이다. 바라지 않은 기운이고. 느껴져서는 안 되는 기운이다.

"……첩자."

그의 눈이 크게 떠진다.

혹시나, 혹시나 하고 몇 번이나 생각했던 걸 확인받았다는 눈이다. 결코 알고 싶지 않은 진실을 마주한 느낌이다.

"당신이로군요?"

크게 뜨여진 의원, 아니 첩자의 눈을 무시한다. 진실을 마주한 운현의 눈은 되려 무감각하게 변했다.

쎄엑—

운현의 손이 빠르게 움직였다. 턱을 잡았다.

"크으……."

고통의 신음인가?

아니. 안타까움의 신음이다.

운현은 아무런 말도 않고 그의 턱을 뽑았다. 그러곤 어금니에 있던 작은 독단을 어금니째로 뽑아 버렸다.

동시에 마혈을 짚는다. 도망치지 못하게 하는 조치다.

그 모든 상황이 순간이었으며, 운현의 손놀림에는 단 한 점의 흔들림도 없었다.

평소 보이던 죄책감도, 자신에게 주어지는 상황에 대한 안타까움도 없었다. 후회하던 그는 더 없었다.

'그런 건…… 돌아올 때 버리고 왔다.'

적에 대한 자비 따위, 어려서부터 그와 함께하던 한일운 표두가 죽었을 때 이미 버린 그였다.

그동안 너무 안일했다. 할 때 더 확실하게 적을 막아야 했다.

그렇지 않으면 자신이 아끼는 사람이 당하게 된다. 죽는다. 가족이 죽을지도 모른다.

그러니 적어도 적에게는 손속이 잔인해진다.

퍽.

굉장히 거친 손놀림으로 턱 아래를 친다. 순식간에 턱이 맞춰진다.

고통스러운가? 고통스럽겠지. 턱이 뽑혔었는데 고통스럽지 않을 리가. 그럼에도 비명 하나 지르지 않는다.

턱을 뽑아 독단을 빼는 운현 쪽도, 덜덜 떨던 몸이 거짓이라는 듯이 침묵하는 방 의원도 모두 독했다.

"……."

"아혈은 안 짚었습니다. 하실 말씀이라도 있습니까?"

답은 없다. 침묵이다. 운현과 더 할 말이 없다는 태도다.

'의문이 많군.'

정체는 밝혀졌다. 이자가 온 곳을 토대로 조사하면 더 많은 것이 나올 거다.

첩자가 더 있을 수 있지만, 하나라도 찾았다는 것이 어딘가. 적어도 증폭환이 먹혀든다는 건 알았다.

'그걸 원한 건 아니지만……'

알게 된 게 다행일지도 모른다.

두 개를 먹이니 예상했던 거보다 강하게 기운이 느껴졌다.
빠른 시간 안에 잘 만들어진 약이다.

조금만 더 개량하면 자신이 아니라 다른 이들도 환화세공
의 기운을 느끼고 판독할 수 있을지도 모른다.

그건 좋은 성과다.

하지만 눈앞에 첩자가 있다는 건, 비록 찾아낸 것이나 좋
을 수는 없다.

내 사람이라 생각한 자를 잃는 거다. 되려 나쁜 것이다.

"도망은 왜 안 갔습니까? 흐음…… 이야기할 생각이 전혀
없군요."

"……차라리 죽여라."

"그럴 수는 없지요."

타악. 탁.

운현이 다른 혈들을 마저 찍어 아혈을 막아 버린다. 그대
로 침묵이다.

第二章
변화

가만히 첩자를 바라보던 운현이다.

무슨 생각을 하는 걸까.

가만 첩자를 살펴보고 또 첩자를 제압했던 자신의 손을 한 번 바라본다. 그러곤 주변에 있던 약초들을 괜히 바라본다.

사방천지에 약초들이 있었다. 잘못 쓰면 독이 되는 독초 도 있다.

가장 많은 약초, 독초는 지금 현재 증폭환을 만들기 위한 재료들이다. 그 재료로 배합하여 첩자를 잡았다.

갑작스레,

"한울 총관!"

단호한 음성으로 한울을 부른다.

가장 첫날 운현의 약을 먹고서는 첩자가 아닌 것으로 판단이 난 믿을 만한 한울을 찾았다.

그는 지금의 상황을 알고 있었고, 미리 대기하고 있었다.

"……찾은 겁니까?"

역시 눈치가 빨랐다. 운현이 무얼 해냈는지 알았다.

"방 의원이로군요. 괜찮은 사람이었는데. 의서를 만들 때도 꽤 열성적이었는데 말이죠."

"그거는 이제 상관이 없어졌지요. 괜찮지 않은 사람이니까요. 알아내야 할 게 많습니다."

"그렇겠죠."

한울 또한 첩자를 바라보는 눈빛에는 안타까움 따위는 없었다. 무감각할 뿐이다.

그가 가만히 운현을 바라본다.

"어떻게 해야겠습니까?"

"우리 의방에서 문초는 힘들겠지요?"

죽어서까지 입을 막으려 한 자다. 자신이 미약도 사용하고, 기운을 이용하면 또 심문을 할 수 있을 수도 있다.

하지만 그건 심문 시간이 짧다. 짧으면 많은 것을 알 수 없다. 결국 자신의 방법은 많은 것을 알 수 있는 방법은 아니다.

좀 더 좋은 방법을 찾아야 했다.

더 길게, 더 많이. 좋은 취조 방법이 필요하다.

"신의님의 방식은 어렵다 했지요. 의방의 무사들도 이런 일은 영 못합니다. 낭인 출신이라도 이상한 자는 가렸지 않습니까?"

"제 방법은 대상이 죽습니다. 얼마 버티지 못하고 죽지요. 그래서 안 됩니다."

"흐음……."

첩자라 뭔가 다른 건가. 조직에 대한 충성도가 의외로 낮나?

죽는다는 말에 첩자의 유일하게 움직일 수 있는 눈꺼풀이 파르르 떨린다.

'죽음을 두려워해?'

살고 싶어도 죽는 자들이 수두룩한 곳 아니었나? 처음 보는 반응이다.

운현이 처음 보는 반응에 신기하게 바라보고 있으려니 한울이 금세 좋은 방법을 만들어 냈다.

"이런 일을 잘하는 곳은 역시 딱 하나인 거 같습니다."

"어디 말입니까?"

"하오문!"

그곳에 가야 할 차례다.

＊　　＊　　＊

하오문의 사람을 불렀다. 방 의원을 묶어 두기는 했지만, 그걸 공개적으로 보일 생각은 없으니 조치를 했다.

하연화가 왔다.

"맡겨주세요."

그녀는 방 의원을 보자마자 상황을 잘도 파악해 냈다. 그것으로 충분했다.

하연화가 맡겨 달라 말했다.

자신이 그런 곳에 전문은 아니더라도 하오문에는 그 정도를 충분히 할 수 있는 자들이 있다던가.

그들도 암중 세력에게 당한 게 있기는 한 터.

이번 일은 하연화의 손에서만이 아니라 하오문 전체가 나서줄 확률이 높았다. 다만 그 정보가 어찌 넘어갈지는 또 생각해 볼 법한 문제다.

'심문할 때 나도 같이하기는 하지만……'

일이 어찌 될지는 지켜봐야 하겠지. 뭐든지 자신의 뜻대로 된다고만 여길 나이는 지났으니까.

"남은 자들 중에서는 없었으면 좋겠군."

자신의 사람. 같은 의방 사람에서 첩자가 나올 줄이야. 예상을 하기는 했지만 입이 쓰긴 하다. 그래도 해야 한다.

"약이나 만들어야겠군."

그가 문을 잠그고 들어간다.

*   *   *

시일이 꽤 흘러갔다.

하오문이 전문가라고 보내 준 자들은 독했다.

사람이 죽지 않으면서 어디까지 버틸 수 있는지, 어떤 고통을 줄 수 있을지를 누구보다 잘 아는 듯했다.

무공으로 치면 절정 그 이상.

어디서 그런 걸 가르치는 걸까. 아니, 이들은 타고난 걸지도 모른다.

으깨고, 저미고, 자르고.

사람을 살리는 데 평생을 바친다고 말하는 운현이지만, 다른 사람들을 살리기 위해 그 장면을 보았다.

'내가 봐야 한다.'

비록 그것이 자신의 가치관과 반하는 일이었다고 할지라도 해야 할 일임을 알았으니까.

그 누구보다 무감각한 눈으로 보았고, 그의 모습에 한울과 하연화마저도 걱정을 했을 정도다.

첩자가 더 발견이 될수록 운현의 표정은 더욱 굳어져 갔다.

무려 셋.

의방에서 나온 자만 셋이다.

또한 기다렸다는 듯이 표국에서 넷이 나왔다.

표사들로부터는 나오지 않았다. 우습게도. 무공을 익힌 자들이 무공을 숨기고 있을 거라는 편견이 첩자를 찾는 걸 되려 느리게 만들었다.

첩자는 의외로 쟁자수들 중에 섞여 있었다. 일손이 모자라곤 하면 임시로 끼곤 하는 표국 사람들에 섞여 있었다.

그러니 잘도 숨어 있었지.

또한 도망가는 자도 나왔다.

순번을 말하지도 않았는데, 용케도 자신들의 차례가 올 것을 알고 있었던 듯하다. 도망을 쳤다. 잘도.

그들은 모두 사살. 혹은 자살을 했다.

용케도 그들의 무공은 꽤 강했다. 사로잡기에는 갑작스레 추격대를 꾸리는 것도 용이치 않았다.

환화세공의 방식이 무엇인지는 몰라도, 정말 잘도 도망갔다.

그래서 잡은 자들은 일곱, 이들은 대체 왜 도망을 안 간 건지 모른다.

환화세공의 은밀함을 믿고 안 잡힐 자신이 있었던 건가 싶은 생각밖에 안 들 정도다. 어쨌건 좋다.

"크아아악!"

"차라리 죽여!"

버티고 또 버티고. 그런 자들을 상대로 알아내려 하고. 지루한 반복의 시간이 지나간다.

한 번에 하나씩.

'언젠가는 말할 수밖에 없지. 아니 이들이라면 죽는 걸 되려 기꺼워하려나?'

고문이 아니더라도 그들의 뒤도 추격하고 있다.

삼대를 멸한다는 그런 말이 아니다. 그들의 가족이란 자들. 그들의 친인척들도 은밀하게 조사하고 있다.

그러던 중.

"……큿…… 하지. 해."

나왔다. 거짓을 숨기려 하는 걸까. 거짓 안에 진실을 섞어 혼란을 주려고 하는 걸까. 어느 쪽일까.

아직 모른다. 들어 봐야겠지.

죽어가며 동시에 초탈해진 듯한 그가 입을 열었다.

"젊은 날의 치기가 이리도 발을 잡을 줄이야……."

방 의원. 그의 입이 열렸다.

　　　　　*　　　*　　　*

　세상은 불공평하다.

　애시당초 시작점이 다르곤 했다.

　가난한데 금슬은 좋아 칠 남매 중에 사남으로 태어난 자와 고관대작의 자식이 같을 수는 없지 않은가.

　어느 쪽이 부족할지는 누구든 안다. 그게 현실.

　그들에게 죄가 있는가.

　단지 그렇게 태어났을 뿐이다. 세상이 그럴 뿐이다.

　그들에게 문제는 없다.

　누군가의 말대로 선택을 받지 못한 것도 아니고, 전생에 죄를 지어 그런 것도 아니다. 단지 그리 태어난 것뿐이다.

　"미친 세상……."

　머리가 굵어지기 시작하고, 세상을 볼 줄 알게 될 나이. 그쯤 되면 그 불공평함이 또렷하게 보이기 시작한다.

　특히 세상을 공평하게 보는 어린 자의 눈에는 그 불공평함이 크게 다가온다.

　"빌어먹을…… 또야?"

　가난한 집은 어린 나이라고 하더라도 돈을 벌기 위해서 나설 수밖에 없다.

　그게 현실.

어린 나이에 부모님의 몫을 줄이고자, 자신의 입에 들어갈 것은 자신이 풀칠을 하고자 함이다.

그런데 그것조차도 여의치 않다.

그와 같은 또래에 일할 자들은 넘치곤 하니까. 그런 애들이 먼저 일을 가져갔을 뿐이다.

오늘은 운이 없었을 뿐이다. 자신이 조금 게을렀을 뿐이다. 그거뿐이다.

당장 하루 먹고 하루 살아서 버는 것에 허탈을 칠 때,

그 더러움이란. 자신은 당장 한 끼가 먹고 싶을 뿐인데 자기 나이 또래의 어떤 아이는.

"당과 하나 더 먹자!"

"그래!"

자신은 달콤하다는 이야기만 들어 본 게 다인 당과를 먹는다.

맛도 모른다. 먹어 본 적이 없으니까. 단 한 번도. 하지만 먹어 보고는 싶다. 한 번뿐만이라도.

그런 아이에게 누군가 다가온다.

"흘. 아이야. 하나 먹어 보겠느냐?"

"……뭐예요?"

아이는 경계한다.

늙은 노인. 이는 다 빠져서는 비렁뱅이처럼 보이는 노인이

다가왔다. 그러곤 하나 먹어 보겠냐 말한다.

'미친······.'

뭐 배운 거 하나 없는 아이지만 본능적인 것들은 잘 안다. 그들 부모가 칠 남매들을 하나, 하나 신경 쓰지는 않아도 최소의 것은 가르쳐 준다.

저런 사람들이 위험하다 들었다.

잘못하면 팔린다.

요즘 성이 흉흉하다 들었다. 자신이 오늘 일을 못한 것처럼 일자리도 여의치 않고.

그런 와중에 비렁뱅이 하나가 아이 하나 납치해서 내다 파는 것 따위 일도 아니다.

마을이 작아서 금방 들키기야 하겠지만, 자신이 팔린 걸 알 때쯤이면 저 비렁뱅이도 도망을 가겠지.

"뭐기는. 흐음······ 그래."

자신의 경계심을 읽은 걸까.

비렁뱅이인 주제에.

"거 얼마요?"

"살라우? 돈은 있고?"

"여기 은자 하나. 얼마나 살 수 있소."

"어이쿠! 거 조금만 기다리시오!"

"허허. 그려."

은자를 가지고 당과를 산다. 아주 가득. 아까 그 아이들처럼 하나 겨우 사는 게 아니다. 정말 많이 샀다.

있는 당과를 다 산 거 같다.

아이는 본능적으로 주변을 봤다. 저럴 때면,

'역시······.'

이 주변에 있는 파락호들이 눈을 빛낸다.

뭐 파락호라고 나쁜 건 아니다. 자신이 나이를 먹어서 크면 될지도 모를 파락호다.

어른들은 젊은 것들이 일도 안 한다 욕을 하지만, 몇 안되는 어린아이들에게는 다 동네 형인 거다.

나이 차이도 몇 살 안 나는 그런 사람들.

물론 아이는 아직 저들과 어울린 적은 없다. 또래치고 덩치가 좀 있기는 하지만, 나이가 안 찼다.

파락호는 의외로 그런 것들에 예민해서 아직 껴주지도 않는다.

지금 같이 흉흉한 시기에 저런 파락호들에게 비렁뱅이는 좋은 목표가 될 거다.

어쩌면 은자를 챙긴 당과를 판 상인이 목표가 될지도 모르고.

파락호들에게 며칠 술값은 돼 주겠지. 노름돈이거나.

'어른이 조심할 줄을 모르네.'

그런 아이의 속내를 아는지 모르는지, 비렁뱅이가 손짓을 하며 아이를 부른다.

"와 봐라. 이리 와서 하나 먹어."

"왜요?"

"허허."

당과가 눈앞에 있는데도 불안했다.

지금 같은 장날이면 너무, 너무 먹고 싶었던 그런 것. 부럽기만 한 그런 당과였는데 불안했다.

한 입만 먹어 보면 소원이 없을 거 같았던 그런 당과인데도 그랬다.

저 손짓 하나가, 고작 당과 하나 주겠다고 부르는 것이 아님을 느꼈다.

본능이 속삭인달까. 무언가 아주 근원적인 부름인 거 같았다.

"엇."

"경계심이 많구나?"

순식간에 다가온 느낌이다.

'뭐야?'

무공인가? 아니지. 그냥 비렁뱅이치고 몸놀림이 빠른 걸 거야.

"먹어 봐라."

당과가 다가온다. 바로 눈앞에. 이게 네 거라는 듯이 유혹한다.

가까이서 보는 당과는 느낌이 또 달랐다. 자신의 것만 같았다.

"허허."

그가 웃으며 손으로 쥐어준다. 자신의 손에 꾸욱— 당과가 쥐어졌다. 거절을 할 생각은 하지도 못했다.

꽈악!

이 당과는 내 거다. 저 사람이 준 거잖아? 무슨 이유인지 몰라도 사줬다고? 지금 아니면 언제 먹어.

와작—

"아!"

"좋냐?"

"네."

뭐 이리도 달지.

아니, 이게 진정한 단맛인 건가. 자신은 그동안 단맛이라는 걸 잘못 알았다.

꽃을 따서 먹으면 그 뒤에 느껴지는, 아주 희미한 꿀의 단맛과는 차원이 달랐다. 이거야말로 단맛이다!

"매일 먹고 싶으냐?"

"네!"

그게 솔직한 마음. 하지만.

"그럼 같이 가자꾸나."

"으음⋯⋯."

따라가서는 안 된다. 그런데 고민된다. 단맛 하나가 가난한 어린아이에게는 너무 치명적인 경험이었을지도 모른다.

"흐⋯⋯ 좋은 아이로고."

그 모습을 보고도 비렁뱅이는 오히려 기꺼워한다. 경계를 하는 자신의 모습조차도 마음에 들어 하는 것처럼.

"거 형씨. 이야기 좀 하지."

아, 이런.

자신한테 준 당과가 아까웠던 건가. 어느샌가 파락호들이 자신과 비렁뱅이를 둘러싸고 있었다.

뭘 이야기하자는 건지는 뻔하지 않은가.

비렁뱅이가 보인 은전. 은전이 담겨져 있던 주머니에 대해서 이야기를 하자는 거겠지. 아이도 그 정도는 안다.

그런데 이 비렁뱅이는 그냥 비렁뱅이가 아니다. 자신에게 당과를 준 비렁뱅이다.

누구도 보여 주지 않던 호의란 것을 처음으로 준 비렁뱅이다.

해서 아이는 당과를 꽈악 쥔 채로 반 걸음 정도 다가가서 말했다. 파락호에게는 안 들리게 할 거라고 생각을 하고는.

"……도망가요. 위험해요."

라고. 그런 아이의 말에.

"푸핫! 푸하하하! 좋구나!"

어째서 이 비렁뱅이는 만족을 하는가?

일반적이지 않은 이야기다. 기연이라도 얻는 듯한 모습이지 않은가. 그런 게 쉽게 있을 리가 없다.

운현이 물었다.

"그 뒤는 어떻게 됐소?"

"그러고는 파락호들을 따라가더군?"

"좀 뻔하지 않은가? 파락호들을 쓰러트렸겠군."

"그래. 뻔해도 어쩌겠나. 크흐흐."

핏발이 잔뜩 선 눈으로 방 의원이었던 자, 믿음직했던 의원에서 첩자가 된 자가 운현을 바라본다.

"당시는 어렸고, 어린 나이에 그건 신세계였지."

신세계라.

그랬을 수도 있겠다 싶었다.

아이에게는 동네에서 가장 무서운 자들을 일대일도 아니고 한 번에 여럿을 상대한다. 대가 없이 당과를 준다. 호의를 가지게 된다.

그러곤 묻는다.

"이 몸처럼 해 보고 싶으냐?"

그때는 자연스레 고개가 끄덕여질 수밖에 없다.

오늘 처음 본 사람이라는 의심도, 비렁뱅이 차림을 하고 있다는 경멸도 좋게 포장이 된다.

처음 본 것은 기연이라는 이름으로, 비렁뱅이 차림은 기행으로 변해버리는 거다. 한순간에 극적인 변화.

그게 어린아이에게는 그 무엇보다 강렬한 변화가 되겠지.

"한 한 달인가…… 심공을 배우는 데 전념했지. 기혈? 그냥 뚫어주더군. 소모품이지 않나. 그때는 그것도 편했지. 좋았어. 아주."

기혈은 이왕이면 스스로 뚫는 게 좋다.

벌모세수를 하는 것도 아닌 한 어중간하게 뚫어줘서야 크게 대성하는 데 방해가 된다.

새가 알에서 깨어날 때에, 자신의 힘으로 깨느냐 깨지 못하느냐의 차이와 같다.

자기 힘으로 알을 깨지 못한 새는 결국 날지 못한다.

"그때부터는 마을 제일가는 아이가 됐지. 알잖나. 심공을 익히면 머리도 빨리 커지지."

"좋았겠구려?"

"크흐. 웃기는 노릇이지. 사도의 무공을 익힌 아이가 마을 제일가는 애가 됐어. 푸핫. 거 아주 웃기지 않나?"

"하나도 웃기지 않소."

기가 뚫린 자와 뚫리지 못한 자, 기운 자체가 다르다. 머리가 돌아가는 것에도 차이가 조금이나마 있을 수밖에 없다.

'꼬마 아이에게 당과를 주고, 파락호를 쓰러트리는 것을 봤으니…….'

본래부터 방 의원이 똑똑하기도 했을 거다. 그래서 골랐겠지. 비렁뱅이는 처음부터 작정을 하고 접근을 했을 거다.

문제는 그 이유가 뭐냐는 거다.

"뭘 원했소? 어린아이한테 뭘 원할 수나 있소?"

마을을 전복시킨 것도 아니다.

단지 마을에서 머리 좀 돌아가는 아이를 가르쳤을 뿐이다. 사도의 무공 환화세공. 그걸 이용해서 더 빠르게 성장시켰을 뿐이다.

그러곤 무얼 얻을 수 있을까. 단지 아이한테.

차라리 원한이라도 있는 누군가에게 복수를 한다는 명목이라도 있는 아이를 가르쳤으면 더 쉽게 이용해 먹을 텐데?

"원했지! 안 원하면 그걸 줬겠는가. 반쪽짜리지만."

"반쪽짜리?"

"나는 기혈을 돌릴 줄만 알지. 심법의 전부를 알지도 못한다네. 그런데…… 익히지 않으면 고통스럽더군."

익히지 않으면 고통스럽다라. 기혈이 들끓기라도 하는 건가. 발전이 아닌 고통을 주는 무공이라니.

역시 사도다.

"하지만 어릴 적에는 안 돌릴 수가 없지."

"나날이 힘이 자라나니까⋯⋯."

"그래. 마을 제일가는 아이가 되는데 안 돌릴 이유가 있나. 흐흐. 거기부터가 시작일세."

마을에서 못나지는 않았지만, 중간이나 겨우 가던 가난한 아이가 최고가 된다.

허풍이 들기 시작한다. 선민의식이 생긴다. 나는 남들과 다르다는 의식이 심어지는 거다. 그러곤 그걸 막기는커녕 도와주기까지 한다.

"세상을 바꿔야 하지 않겠느냐?"

"너라면 뭐든지 할 수 있다."

"네게 그런 재주를 준 건 세상이 좀 더 나아지게 만들 의무가 있기 때문이다."

얼핏 들으면 참 좋은 말이다.

뭐든지 할 수 있고, 그 가능성을 가지고 있다는 것. 세상이라는 거대한 것을 바꾸게 한다는 웅심이라는 거.

생각만 해서는 아주 좋은 소리다. 그리고 동시에.

'개소리지.'

운현의 생각대로 개소리다.

세상은 그리 쉽게 바뀌는 게 아니다. 세상은 홀로 바꿀 수 있는 게 아니다. 죽었다 살아난 운현이기에 그걸 더 잘 안다.

아이에게 세상을 바꿀 수 있다는 가능성을 키워주려면, 웅심만 키워줘서는 안 된다.

"세상을 알게 하는 눈을 안 줬구려?"

"정확하군!"

마을이 세상에 전부인 아이. 마을에서 제일가는 것으로 만족하는 아이. 단지 그것으로 끝났을 아이.

그런 아이에게 가능성을 키워주려면 현실을 가르쳐 줘야만 했다. 아픈 현실, 힘든 현실을 가르쳐 주면서 동시에 웅심을 키워줬어야 했다.

그래야 아이가 바르게 자란다.

그럼에도 단지 웅심만 집어넣는다. 아니 웅심이라고 할 것도 없다. 헛바람을 넣는 거다.

나는 대단하다는 의식을 크게 심어버린다. 아주 크게.

결국 웅심은 웅심으로서 자라는 것이 아니라 타락해 버릴 거다. 거만함이라는 이름으로.

"그때부터 본격적으로 시작되더군. 저 아이는 나쁘다. 그러니 네가 벌을 줘야 한다. 그렇게 불량스러운 아이들 좀 혼을 내줬지."

실전을 겪게 한다. 아주 작게.

작은 전투라도 상관없다. 다른 사람에게 공격을 할 줄 알
게만 하면 됐을 거다. 그걸로도 소기의 목적은 달성했겠지.

마을 규모에서 일어날 법한 일 정도다. 하오문이나 개방이
라고 하더라도 그 정도 일까지는 신경 쓰지 않는다.

단지 자신들이 있는 마을에 특출 난 아이가 있겠거니 하
겠지.

분명 아이가 뭔가 변했는데, 그게 위로 보고가 가지 않게
된다. 눈 가리고 아웅하는 짓인데도 개방과 하오문의 눈이
가려진다.

그리고 동시에 아이는 아주 자연스럽게 마을에 특출 난
아이로 녹아 있으면서 기술을 배워 간다.

"그러다 부상을 당했는데…… 의술도 배워보라 하더군."

"의술을?"

"난 쓰임이 그쪽에 있었던 거겠지. 첩자라면 무공만 해서
는 꽝 아닌가."

"치밀하구려."

"그랬지……."

마을에서 제일가는 아이가, 힘만 쓸 줄 아는 못난 아이를
개도한다.

그러던 아이가 부상도 입는다. 의술에 자연스레 눈이 가게

된다. 무슨 이유든 의서를 구해서 읽는 것 정도는 그리 이상하게 보이진 않을 거다.

'꼼꼼히 살펴보면 분명 이상하기는 한데…… 그걸 어떻게든 가렸겠지.'

일상에 비일상을 심은 게다. 틈이 보일 수 있는데 그걸 잘도 막아 냈다. 자연스럽게.

그러니 생각보다 잘 먹혀들어 갔겠지.

평범한 마을에서 사마외도의 무공을 익히고, 첩자 일을 하기에 딱 들어맞게 의술을 익힌 아이가 그렇게 키워진다.

마을의 평판?

남을 도울 줄 아는 착한 아이로 남겠지.

사람이란 자기 자신 외에는 남의 일에 그리 관심도가 높지 않으니까. 그가 했던 인상적인 일들만 기억할 거다.

못난 아이를 혼내줬다든가. 사람 다치는 게 싫어 의술을 익히기 시작했다든가. 의서로 독학을 했다든가 하는 그런 정보들.

그런 것들만 기억할 거다.

후에 십 년이고 이십 년이 지나 개방이나 하오문이 방 의원을 조사할 때?

그런 인상적인 것들만 조사하게 될 거다. 마을의 평범한 아이에게 어떤 기록이 있는 것도 아니니까.

그럼 개방이나 하오문으로서는 뒷조사를 해도 속을 수밖에 없다.

마을에서 나고 자라고, 생활하면서 평판까지 좋은 아이를 첩자라고 그 누가 생각하랴.

그렇게 자란 아이가.

"그러다 또 바람을 넣지. 큰물에서 놀아 보는 게 이떻겠느냐고."

다시 또 바깥으로 향한다.

"처음에는 서찰이야. 스승. 그래, 지금은 스승인지 모르겠지만…… 무공을 가르친 자에게 서신을 보내곤 하지. 이따금씩 기억나는 것들을 보내고. 그런 거지."

분명 안부 인사다.

하지만 돌아다니면서 그가 얻는 이야기들은 동시에 정보가 된다. 비렁뱅이라는 자의 정보통이 되어 버린다.

"그러다 가끔 묻지. 어디가 어떤 일이 있는지 알아 와 보라고. 무려 스승의 부탁 아닌가? 들어야지."

"그러다 여기는 어떻게 왔소?"

"배운 게 있으니 크게 써먹으라더군."

웅심을 또 자극하는 건가. 자연스럽게 원하는 곳에 집어넣는 것이로군.

그들이 자연스러움을 굉장히 중요히 여기는 게 느껴졌다.

부자연스럽다면 애시당초 시작도 않을 게다.

첩자이되 첩자가 아니게 만든다.

그런데 그 정도는 첩자라 할 수 없다. 자연스럽긴 하지만 주요 정보가 없게 된다.

그런 뜨내기 소식들을 가지고 대체 어떻게 첩자가 된다는 말인가.

그래서야 완전한 정보통을 가지고 있다고 하기에는 너무 미흡하지 않은가. 의문이 들 수밖에 없다.

"그래서? 그런다고 첩자 일을 본격적으로 하지는 않을 거 아니오."

"크흐…… 그렇지. 그래. 안부 인사 정도가 어찌 첩자질이 될까."

"그럼 이렇게 되오?"

"그러다…… 본격적으로 첩자가 되는 일은…… 가족을 위협하네. 웅심을 키워주던 스승이. 어느 날 서찰과 함께 손가락이 오네. 누구 것일 거 같은가?"

"……형제요?"

"그렇지! 정말 그런지 확인할 방법은 없지. 지금 생각하면 아닐 수도 있겠다 싶지만…… 그때는 혼란스러워지는 게야."

형제의 손가락이 왔다. 이성을 제대로 유지하고 있으면 그게 더 이상하다.

운현이라고 하더라도 자기 형제의 손가락이 서찰로 온다면, 당장에 이성이 끊어져 버릴 게다.

특히나 스승이라 생각하던 자가 그런 짓을 하다니, 제정신을 유지할 수 없다.

"그러곤 그때부터 명령이 내려오기 시작하지. 네 가족을 살리려면 그리 움직이라고. 우습지 않나……."

"하나도 안 우습소."

결국 첩자의 가족 또한 볼모다. 처음부터 그리 키워진 거다. 그리 유도를 했다.

방 의원 말고도 많은 첩자들이 여러 분야에서 그리 움직이고 있을 거다.

의원, 약초꾼, 벌초꾼, 쟁자수, 표사, 표두. 많겠지. 상인부터 어쩌면 관직에 있는 자도 그리 키워졌을지도 모른다.

"어렸을 적 치기. 멋있어 보이던 기연. 그 두 개로 여기까지 오는 게야. 한 사람의 인생이 망쳐지는 거지. 크으……쿳…… 그래. 그런 거……."

푸아악!

"당신!"

갑작스레 방 의원의 입에서 피가 쏟아진다. 죽은 피다. 운현이 기운을 느낄 새도 없이 일어난 일이었다!

第三章
그래도 간다

유혁이 손을 씻으며 나선다. 사투를 벌여서인지 씻어도 씻어도 굳은 피가 녹아 뻘건 물을 만들어 낸다.

그로서는 최선을 다했다. 하지만 실패다.

"후…… 실패인가."

방 의원을 살려보려 했다.

그가 희생자여서가 아니다. 그의 삶이 불쌍키는 하지만 그렇다고 동정은 않는다.

실마리가 될 수 있어서다. 하지만 죽었다. 기운이 들끓어 오르자마자 살리려고 했지만 무리였다.

동시에 첩자로 잡아뒀던 이들도 몇이 죽어버렸다.

주술이라도 되는 건가. 멀리서라도 죽일 수 있는 어떤 수단이 있을지 모른다.

어쩌면 아직까지도 의방에 남아 있는 자들 중에 주술사가 있을지도 모르지.

가능성이라는 건 언제나 상존한다. 안다.

방 의원같이 어설픈 첩자들보다도 더 제대로 된 첩자가 있을 수도 있다.

"그래도 꾸준히 찾아야지."

성과가 전혀 없었던 것은 아니다.

다른 이의 기운을 미세하게 살필 수 있다라는 것은 꽤나 대단한 능력을 선사해 줬다.

기의 이동을 읽어내는 것.

이 능력은 다시 말해서 다른 이의 심법에 대해서 대략적으로 파악을 할 수 있는 능력인 셈이었다.

한 번에 무공을 읽는 건 무리다. 아직은 그 정도 능력은 못 된다.

그렇다 해도 표본이 여럿 있게 되면 다르다. 첩자로 잡힌 자들. 아직까지 살아 있는 자들은 물론이고 죽은 자들을 포함해서 꽤 여럿.

그들이 전부 운현의 표본이 됐다.

그들이 환화세공을 돌리게 되면 운현이 살핀다. 그것으로도 기운을 살피고 그들의 원리를 살필 수 있다.

당장은 사마외도의 무공치고는 별달리 부작용이 없어 보이는 무공이 환화세공이다.

피를 탐한다거나, 살기가 늘어난다거나, 성불구가 된다거나 하는 짓거리는 없다. 그래도 미친 무공이다.

'사마외도 무공다웠지.'

환화세공은 선천진기를 갈아버린다.

갈려버린 선천진기로부터 폭발적인 힘이 나게 된다.

거기서 얻은 폭발적인 힘을 돌려 주변에 있는 자연진기를 빨아들인다. 빨아들인 기와 폭발하는 진기가 한데 섞여 내공이 된다.

높은 효율성을 가지게 되는 환화세공이란 건 결국 선천진기를 잡아먹는 괴물이다.

그들이 어떤 무공을 사용하든 상관없이 환화세공은 그 무공을 도와준다.

어떤 무공을 사용하든 자연스럽게 선천진기가 소량이나마 흘러가게 된다.

그 선천진기가 희생양이 돼서, 상성이 안 맞는 무공을 사용하면 나오게 되는 기혈의 부작용도 전부 막아주게 된다.

수명.

인간에게 있어 가장 중요한 것을 깎아먹게 함으로써 위력을 얻고, 부작용을 없애게 되는 거다.

이만큼이나 더러운 무공을 본 바가 없다.

물론 무림인 중 고수는 경지가 올라가게 되면 선천진기가 자연스레 채워져서 수명이 늘어나는 경우도 있긴 하다.

하지만 그런 자들은 소수다. 개나 소나 고수가 될 수는 없다.

그러니 대다수는 고수가 되지 못하고 수명만 깎아먹다가 환화세공에 잡아먹혀서 죽어버리게 되는 거다.

절정이 되면 잘해야 중년이나 될까. 타고난 수명이 많으면 혹 모르지만 그조차도 운이다.

결국 이들에 대해서 정의 내리는 건 쉽다.

'소모품.'

대체 어떤 목적으로 나선 조직일지는 모르나 자신들에게 속한 자들조차 소모품으로 여기는 자들이다.

우습지도 않다.

"그래도 얻을 건 얻어야지."

운현 또한 사마외도의 방식으로 갈 생각은 없다. 그래도 그들의 방식으로부터 배울 점은 분명 있었다.

다른 이의 생각을 그대로 베껴버린다는 건 생각 이상으로 얻을 게 꽤 많을 정도였다.

무공과 약.

"바로 움직여 볼까."

*   *   *

방 의원이 죽고도 시일이 좀 지났다.

그 뒤로 운현은 자신의 특기를 발휘했다.

잠수 타기.

의방의 일도, 첩자들을 솎아 내기 위한 일도, 그 외 기타 여러 일조차도 전부 손 놓아 버렸다.

한울의 말을 빌리자면,

"본래부터 그러한 분 아닙니까? 우리가 적응해야지요."

결국 적응이 중요하달까.

이제는 운현의 모습에 익숙해져야겠지 싶을 정도다.

덕분에 오랜만에 찾아온 남궁미마저도 다시 되돌아갔을 정도지만 어쩌랴. 그의 말대로 적응할 수밖에.

한참이나 잠시도 열릴 줄을 몰랐던 운현의 문이 열린 것은 또 한참만의 일이다.

"한울 총관! 한울 총관은 어딨습니까?"

운현은 나오자마자 한울부터 찾았다. 그가 일 처리에는 가장 믿음직했으니까.

믿음직스러운 만큼 바쁘기는 해서, 보려면 한참이 걸릴 거라 여겼다. 그런데 이게 무슨 꼴이란 말인가.

자신이 약학을 연구하고 있는 곳 바로 앞에 천막이 처져 있다. 임시는 아닌 건지, 꽤 그럴듯해 보이는 천막이었다.

여러 가지 종이들이 한편에 정돈되어 있다.

그 가운데에는 운현이 찾던 인물 한울이 책걸상을 두고서는 그대로 앉아 있다.

"······저 여기 있습니다."

"아니, 그게 무슨 꼴이랍니까?"

이게 아주 자연스러운 모습인 것처럼 주변 사람들은 멀거니 바라보다 사라질 뿐이다.

되려 오랜만에 나온 운현을 보고서는 수군거릴 뿐이다. 오랜만에 운현이 나타났다고 하는 내용들이었다.

대체 왜 저런 꼴을 하고 있을까.

한울은 답답하다는 듯 가슴을 콱하고 치더니 물었다.

"누구 덕분이겠습니까?"

"설마 저입니까?"

"네."

저리도 당당하다니!

임시 천막에 책걸상을 가져다 놓고 집무를 보는 저런 꼴을 하고도 당당할 수 있는 자는 몇 안 된다.

"신의님을 보고자 하는 사람이 몇이나 될 것 같습니까?"

"……많겠지요?"

"그거 누가 막겠습니까?"

"총관이겠지요? 아마도요."

"……하."

뻔뻔한 운현 같으니.

운현으로서는 별거 아닌 일처럼 여기지만, 막상 그것을 다 하는 입장인 한울에게는 그 뻔뻔함이 그렇게 미울 수가 없었다.

누구 때문에 자신이 이러고 집무를 보고 있는데!

누구 덕분에 안 해도 될 고생을 하고 있는데?

또 누구 덕분에 남궁미나 하연화를 막느라 고생을 하고 있는데?

매일같이 찾아와서는.

"신의님은 아직인가요?"

"아직이야?"

라고 물어대는 그녀들을 돌려보내는 게 쉬울 거 같은가!

거기다 의방의 의원들도 진료가 없는 날이면 자연스레 신의부터 찾는다. 아직까지도 살펴보지도 않는 의명총의서 때문에!

그 고생을 자신이 다 하고 있는데!

어찌 저리도 당당하단 말인가. 한숨 한 번 내쉬고서 이성을 찾으려고 시도하는 한울이 안쓰러워 보일 정도다.

"저 총관 때려칠랍니다."

"총관!"

"그리 부르지 마시죠. 아니, 해도 해도 정도가 있는 거 아닙니까?"

"미안합니다."

"미안하기는 합니까? 아니, 이런 경우에는 고작 그 말 한 마디로 넘어가기에는 너무 심하다고 생각하지 않습니까!"

한울.

궂은일도, 불가능할 거 같은 일도 잘도 처리하던 그가 결국 폭발했다.

＊　　　＊　　　＊

폭발은 한참이나 계속되었다.

무공도 익히지 않은 한울인데, 그 기세에 무서움을 느낀 자들이 꽤 됐다.

오죽하면 운현이 나왔다는 수군거림을 멀리서 듣고 찾아 왔던 하연화마저도,

'오늘은 날이 아닌가 보네.'

라고 생각하며 물러섰을까.

그동안 당한 것을 갚아주기라도 해야 한다는 듯 한울은 한 시진도 더 넘게 운현을 닦달했다.

'크으······.'

지은 죄가 있는 운현으로서는 달리 반박도 못 했다.

잘못한 것은 자신의 쪽이다. 한울이 아니다. 그것도 일방적인 잘못이었으니 따질 수 있을 리가 없다.

그가 잔소리하면 잔소리 하는 대로,

"제가 죄인입니다."

하는 자세로 듣고 있을 수밖에.

처음 의명 의방의 문을 두드릴 때의 점잖기만 하던 한울은 어디로 갔는지 알 수가 없다. 지금 눈앞에 있는 자는 그저 일과 사람에 치여 버린 악귀일 뿐이다.

그나미 디행인 게 있나믄, 일과 사람에 치여서 보약이나 한 재 해 줘야 하는가 했더니 그럴 필요는 없다는 것 정도?

저리도 잔소리를 하고 열을 내는 사람이 쌩쌩하지 않으면 이 세상에는 병자 천지일 테니까. 당장 걱정할 필요는 없을 정도랄까.

그래도 그가 가슴에 쌓은 울화는 어마어마할 테니 언제고 신경을 써주긴 해야 할 거다.

길고 긴 잔소리도 끝이 있는가.

결국 한울이 한숨을 탁 내뱉고서는 묻는다.

"후아…… 그래서 이제는 잘해 주실 겁니까?"

"예에……."

"도망도 안 가실 거지요? 진료도 제대로 해 주실 거고?"

"당연합니다."

"의방 일도요?"

"아무렴요. 제대로 해야죠. 정말 제대로 할 겁니다."

"……."

용케 대답을 해 줬는데도 한울은 가만 운현을 바라볼 뿐
이다. 수사를 하는 수사관이 죄인을 대하는 눈빛이다.

그가 보기에는 운현의 말에 신용이 없어 보였다. 그의 눈
에는 도무지 믿음이라는 게 서리려야 서리질 않았다.

네가 그리해 봐야 어차피 일 터지고 나면 또 어디로 사라
지겠지 하는 눈이다.

믿음이 없다니.

의명 의방, 그것도 신의인 운현을 위해서 가장 열심히 움
직이는 한울의 태도치고는 참으로 어울리지 않는 모습이다.

"후우…… 처음 이곳에 발을 디딘 제가 죄인이겠죠. 전생
에 무슨 죄를 지어서…… 이리도 고통스러운 건지……."

"죄송합니다."

"죄송하면 사람이나 좀 늘려주시죠. 하, 그것도 힘들겠군
요. 첩자들이 또 들어올 수 있을 테니까요. 그럼 저는 이대로

일 지옥에 시달리고 있겠군요. 하…… 정말."

첩자.

그 문제 때문에 새로운 사람을 들이는 게 조심스러워진
지 오래다.

내부의 적 하나가 밖의 적 백 명보다도 더 무서운 것이 진
리니까. 내부에 적이 있을 줄 아는 상황에서도 쉽게 사람을
들이겠는가.

안 그래도 하오문이나 개방에서 조사를 해 가면서 들였던
사람인데, 지금은 그게 더 느려졌다.

그래서 한울이 이리도 쉽게 폭발해 버렸을지도 모른다. 제
갈소화라도 있으면 좀 나았을 거다.

"거기에 대해서 할 말이 있어 나왔는데 말이죠."

"뭡니까? 신박한 해결책이라노 가지고 오신 겁니까?"

"후후."

죄스러워 하던 운현이 드디어 웃는다.

*　　　*　　　*

운현이 품에서 약을 빼 들었다.

이럴 때면 자신이 약장수라도 되는 듯이 가슴이 두근거리
곤 하는 운현이다.

'전생에 의사가 아니라 영업직을 했었어야 할지도 몰라.'

뒤늦게서야 자신의 적성을 찾은 느낌이 이러할까.

지금에 와서는 너무도 멀리와 버려서 영업과는 거리가 먼 삶을 살게 됐지만.

그래도 가끔씩 이런 유흥거리를 하는 거 정도는 문제가 되지 않을 게다.

"이게 뭔지 아십니까?"

"또 무슨 쓸데없는 약이겠죠."

"쓸데없는 약이라뇨. 세상에 쓸데없는 약이라곤 없습니다."

"……뭐 실언이라고 하고 넘어가지요."

"후후. 그렇죠. 이건 강증폭환이라 이름 붙였습니다."

"강증폭환요?"

"예. 강화된 증폭환인 겁니다."

"언제나 그렇듯 이름은 정말 못 지으시는군요."

"윽. 그건 넘어가구요."

무얼 증폭시켜 준다는 걸까.

전에도 기운을 증폭시켜 주는 환약을 이용해서 첩자를 잡아들이긴 했다.

문제는 운현이 없으면 잡아들일 수가 없다는 게 문제다. 운현이 자신의 약 제조를 위해서 문을 닫아버리자마자 모든 게 정지됐지 않은가.

그거만 생각하면 사그라졌던 열이 다시 올라오는 느낌이지만, 우선은 최대한 가라앉혀 보는 한울이었다.

"이게 있으면 제가 없어도 첩자를 가리는 게 됩니다. 뭐, 실패율이 있어서 몇 번씩은 해 봐야 할 겁니다만은……."

"획기적이로군요?"

"역시 그렇죠?"

"좋습니다!"

애써 분기를 가라앉혀 볼 가치가 있었다.

저 말대로라면 여러 번씩 실험을 해 보기는 해야겠지만, 운현이 없어도 첩자를 가릴 수 있다는 거 아닌가.

그 효용성은 굉장히 높을 터다.

'약 제조야 의원들을 시키면 되겠지.'

의명 의방에 의원은 많다. 그들은 항상 새로운 지식에 목말라 있는 터.

운현이 내주는 약 제조 방식을 공부하면서 동시에 약을 생산하게 되면?

그동안 운현이 의명총의서를 살펴주지 않는다며, 태업 아닌 태업을 하던 그들을 달랠 수 있을 거다.

아마 신이 나서 약 제조에 매달릴지도 모른다.

의원으로서 제대로 된 정신을 가진 사람들을 뽑아 만든

의명 의방이니까 가능한 일이다.

다른 곳이라면 귀찮아할지 모르지만 적어도 이곳 사람들은 의원으로서의 순수함만큼은 넘친다.

'그만큼 내가 힘들지만……'

지금 당장에는 그들의 의술에 대한 열의가 기꺼울 수밖에 없다.

그렇게 약을 생산하고, 그다음은.

"의방이나 표국의 사람들에게 전부 사용하고 나면 다른 곳에 팔아넘겨도 되겠군요?"

"팔아 넘겨요? 아. 설마 문파들을 말하는 겁니까."

"예!"

운현과 한울의 머리에 번쩍하고 지나가는 번개가 있었다.

내부의 적은 그 무엇보다 처리하기 지난하다. 확실한 증거라도 있다면 또 모를까. 증거 없이 처리를 했다가는 뒷감당도 힘들어진다.

첩자란 것들은 내부에 남아 있는 자들과 정을 나누기 마련이고, 때로 정이라는 건 이성을 누를 때가 있으니까.

조직 자체가 흔들려 버릴 수밖에 없다.

그런데 누구나 납득할 만한 증거를 제시한다면?

물론, 약만으로 모든 증거가 되지는 않겠지만 그래도 증거가 보태어지는 걸로도 충분해질 수도 있다.

"좋겠군요. 호북 전역. 어쩌면 중원 전역에서 사 가려고 난리일지도 모르겠습니다?"

"비로 그것이죠! 일단은 저희가 먼저 사용하면서 시험도 겸사겸사 하고. 실패율도 낮추는 게 먼저겠지요."

한울의 표정이 꽤 적극적으로 변한다.

다른 사람이 보았더라면 운현도 같은 표정을 짓고 있다고 생각할 게다.

"그리고 다음은 호북에 팔아 들이면서 얻을 이득들을 얻자는 거지요. 의방 확장이라든가. 돈이라든가 하는 것들 있지 않습니까?"

"그거 확실히 좋군요."

돈과 의방 확장이라.

돈을 쌓아 둘 정도로 쌓고 살고 싶은 건 아니지만, 돈이란 많을수록 좋다. 그러니 찬성.

의방의 확장은 안 그래도 진행을 하던 중에, 내부에 일이 생겨서 잠시 멈춰버렸었다.

불길에 사그라져 버린 적벽현의 의방을 다시 세우는 것도 일이었던지라 확장은 잠시 후순위로 밀렸던 거다.

하지만 이 증폭환을 빌미로 내부의 적을 잡아준다 하면?

의방으로서만 그들의 지역에서 서로 협조하며 움직여 주겠다고 약조만 잘된다면?

전에 없이 의방 확장을 빠르게 진행할 수 있을지도 모른
다.

'적어도 호북에서는 가능하겠어.'

그동안 쌓은 인맥. 무당파와 제갈세가의 호의.

그러한 것들을 전부 더하면 못 할 것도 없는 문제 같았다.
아주 좋다.

그러다 문득 운현의 생각이 더 멀리 미쳤다.

그 홀로 성과를 내기는 했지만, 그동안 미뤄 둔 아직은 부
족한 것에 생각이 미친 거다.

'그걸 얻으려면 우리 쪽도 이것저것 포기해야 하는 게 생
길지도 모르긴 하겠지만……'

지금 당장의 손해로 멀리 얻어 낼 수 있는 게 있다면 그것
만큼 기꺼운 일도 또 없다.

운현이 조심스레 한울에게 입을 열었다.

"이왕이면 다른 것도 하나 얻는 게 어떻겠습니까?"

"무엇을요?"

"이를테면……."

조심스레 달싹이는 입에, 주변 사람이 아니라 오직 한울에
게만 운현의 말이 스며들어 간다.

사람의 본능적인 호기심을 자극하는 악마의 속삭임이 저
러할까.

주변에 서 있던 다른 이들도 궁금증을 느끼는 건지, 잔뜩 귀를 쫑긋 세우지만 엿듣기에는 무리였다.

다만 운현의 손에서 호두알 굴리듯, 굴려지고 있는 증폭환에나 시선을 둘 수 있을 뿐이었다.

"그거 좋군요!"

한참 이야기를 듣던 한울이 두 손을 짝하고 치며 소리를 낸다.

운현이 대체 무엇을 제시했을까. 알 길이 없다.

다만 중요한 건 그때 이후부터 한울이 더욱 바빠졌다는 거다. 그럼에도 열을 내기보다는 웃음을 짓기 시작했다.

'할 수 있다.'

운현의 뜻.

중원 전체는 못 돼도 호북의 아픈 사람을 위하자는 그 숭고한 뜻.

그것에 한 발자국 아니, 몇 발자국은 더 내디딜 수 있다 여기기 때문이리라.

의방이 살아 숨 쉬며 뛰고 있다.

第四章
무럭무럭 자라다

파류역행공(破流易行功)과 삼위일환공.

운현은 그 둘을 합하여 새로운 내공심법을 만들어 내려 했었다.

삼위일환공의 안전성을 바탕으로 내공의 역류를 역이용하는 파류역행공의 효율성을 넣으려 한 거다.

꽤 오래전부터 진행해 왔던 작업이지만, 막상 지금에까지 완성은 되지 못했다.

여러 가지 일이 있어서 집중을 하지 못한 것이 가장 큰 이유고, 그의 무공 경지가 아직 깊지 못하다는 것도 이유긴 했다.

무공이란 게 쉽게만 만들어지는 게 아니니 당연한 이야기일지도 모른다.

그런 상황에서 아이들을 키우고 있던 무공 교두들은 어쩔 수 없이 아직 개조되지 않은 삼위일환공을 가르쳤다 했다.

효율을 키워줘야 그나마 써먹을 만한 무공일 게 맞지만 언제까지고 토납법만 가르칠 수 없었다 한다.

운현이 허락을 하기 이전에 스스로들 해낸 거지만 달리 선택권도 없었단다.

자신들의 무공을 가르친다고 해서 최상의 무공이라고 하기에는 부족한 데다가, 아이들은 빠르게 자라고 있었으니까.

어린 나이에 있을수록 빠르게 내공 심법을 익혀야만 좀 더 성장을 할 수 있는 것은 상식 중에 상식.

무공 교두를 맡은 그들로서도 어쩔 수 없는 선택이었을 거다.

설사 자신들이 이 일로 인해서 질책을 받게 된다고 하더라도, 그리 가르칠 수밖에 없었다 한다.

그런 자들에게 운현이 무슨 말을 할 수 있을까.

"이해합니다. 아이들을 위해서 어쩔 수 없었던 일이지 않습니까."

충분히 이해한다고 말할 수밖에 없었다. 정 안 되면 나중에라도 삼위일환공을 개조하고 그 뒤에 다시 가르쳐도 된다고 생각했을 뿐이다.

같은 바탕을 통해서 만들어진 내공심법이니 나중에라도 덧씌우듯 가르치면 될 테니까.

정 문제가 생기면 자신의 무공으로 해결을 보고자 했던 운현이다.

'하지만 이제는 그럴 필요 없지.'

아직 무공을 합하지도 못했고, 새로운 내공심법을 얻어 낸 것도 아니다. 그렇지만 방법이 있었다.

환화세공.

그 환화세공의 원리를 운현은 자신의 경지로 말미암아 충분히 보고 익혔다. 그대로 베껴냈다고 해도 무방할 정도다.

그야말로 누구에게도 없는 사기적인 능력.

거기에 자신이 익힌 약학을 더했다. 운현은 증폭환 하나만 만들어 낸 게 아니다.

"이건 뭐라고 또 이름 붙일까."

증폭환? 이미 이름이 있으니 되었고. 이것은 내공을 증폭시켜 준다고 보기에는 무리인 약이다.

대신 환화세공처럼 기운을 갈아 버린다.

내공심법을 사용하는 시전자의 선천진기를 갈아 버리는 게 아니다. 환약에 담겨 있는 약 기운 자체를 갈아버린다.

영약을 먹은 자에게 약이 가지고 있는 기운을 갈아버리게 함으로써 폭발력을 준다.

자연진기를 빨아들이게 만들고, 그럼으로써 어마어마한 내공을 흡수할 수 있게 만드는 방식이다.

전에 없던 방식!

지금까지의 영약들이 온갖 기화요초나, 귀하기만 한 약초를 사용해서 얻은 거라면 이것은 전혀 다른 방식이다.

되려 독약이라 할 수 있는 것들을 섞고 그 기운이 서로 상쇄되며 갈려 폭발하게 만들어 힘을 얻게 한 거다.

'정도는 아니지.'

굳이 표현하자면 사도에 가깝지 않을까?

그래도 안정성은 높을 거다. 낮다면 약효를 좀 더 낮추면 될 뿐이다.

최상의 약은 못 되지만 당장 쓸 수 있는 약은 된다. 최상이 아니더라도 그것만으로도 충분했다.

운현은 그 약을 아이들 중에서 가장 근골이 뛰어나고, 내공이 잘 쌓인 아이들부터 골라 먹였다.

"먹어 보거라."

"예!"

차별을 해서가 아니다.

이들은 자신들이 선택받았다고 생각할 수도 있지만, 혹시 모를 상황에서는 자신이 가진 바 내공이 많은 아이가 낫기 때문이다.

운현으로서도 여러 가지 상황을 보고 고른 거다.

꿀꺽—

아이들의 식도를 타고 운현이 아직 이름조차 짓지 않은 약이 녹아서 흘러 넘어간다.

"가부좌를 틀고 바로 심법을 돌리도록 해라!"

그 상황을 가만 보던 삼권호가 급히 외친다. 귀한 약일 수 있는데, 그 약 기운이 사라지기 전에 어서 흡수하라는 뜻이었다.

"......."

대답은 없다. 다만 아이들 모두 심법의 늪으로 빠져들어 갔을 뿐이다.

*   *   *

하나, 둘씩 심법에 완전히 침잠해 간다.

아이들마다 격차가 있지만 심법에 빠져드는 시간은 대부분 비슷비슷했다.

아이들이 열심히 한 것도 있어 심법에 습관이 든 것도 있을 거다.

하지만, 삼권호를 포함하여 무공 스승을 맡고 있는 자들

이 그만큼 이들의 수련을 신경 써 주고 있다는 소리기도 했
다.

전부 잘해 주고 있었다.

하지만 아무리 잘해 주고 있다고 할지라도 심법이라 하는
건 긴 시간이 걸릴 수밖에 없다.

그럼에도 이곳을 차지하고 있는 이들은 그게 긴 시간이
아니라는 듯 계속해서 집중하고 아이들을 살피고 있었다.

그 중심에 있는 운현도 마찬가지였다.

집중을 하고 있는 상태로, 그 누구보다 많은 것을 읽어 들
이고 있었다.

화아아아—

아이 하나, 하나의 기운은 낮기만 하지만 그들의 수가 스
물이나 되지 않은가.

그들이 심법을 돌리면서 자연에 있는 자연진기를 흡수하
고 있으니 그 기류가 결코 얕지만은 않았다.

'대단하군.'

기운을 읽을 줄 아는 운현이기에 더 많은 것을 느낀다.

거의 기운을 보듯이 느끼니 당연한 이야기다. 자신도 매일
같이 심법을 돌리고는 있지만 이런 식의 경험은 생소한 터.

그래서 더 집중을 할 수 있을지도 몰랐다.

눈앞에 있는 기운의 기류는 운현에게 새로운 영감을 주고

있으니까.

　'자연진기를 동시에 같은 심법으로 흡수하니, 자연진기가 변환되는 느낌이로군.'

　어쩌면 진이라고 하는 것도 이러한 원리를 내포한 방식이 있지 않을까?

　진을 이용한 수련에 정평이 나 있는 제갈세가도 결국에는 저런 방식으로 수련을 하지 않을까?

　같은 심법을 여럿이서 돌리는 방식은 꽤 유용한 방식일지도 모른다는 생각이 드는 운현이다.

　아마 다른 대문파에서도 그러한 것을 아는 걸게다.

　그러니 나이가 어릴 때 수련을 시킬 때에는 단체 수련을 시키는 게 분명하다.

　기운 그 자체를 읽을 수 있으니 바로 보면서 많은 걸 얻는 운현이었다.

　바로 바로 성과가 보이니, 이것만큼 좋은 깨달음도 없었다.

　형을 치료하기 위해서 얻고자 했던 깨달음, 비정상적으로 기운을 읽고 분석할 수 있음은 운현에게 참으로 맞아 떨어지는 깨달음이었다.

　"좋군요. 확실히 효과가 있는 거 같습니다."

　"그렇습니까? 저희는 아직은 잘 모르겠습니다."

"그래요? 그래도 확실합니다. 한 번 더 집중해 보시지요."

"으음……."

운현의 말대로 무공 교두들이 그동안 느끼지 못한 걸 느껴 보려 집중한다.

아이들이 심법을 돌려 수련하는 동안, 무공 교두들이 집중하게 함으로써 그들 또한 수련하게 하는 거다.

'확실히 좋아.'

삼위일환공에서 얻는 내공은 양은 잘해야 일 년에 이 년 내외 정도다.

이마저도 열심히 해 줘야 쌓이는 거다. 수련에 전념을 해야 한다는 소리다.

다른 중소문파처럼 어린 나이에 잡일을 하고, 문파원으로서 해야 할 일을 하다 보면 수련에 집중하는 것?

의외로 힘들다.

그래서 대문파라고 해 봐야 유명 강사를 두고, 돈빨과 크기빨로 버텨내는 거라고 말하곤 했던 운현 아닌가.

지금에 이르러서야 그 생각은 조금은 고쳐먹긴 했지만, 아예 없는 생각은 아니다.

재능마다 차이가 있기는 하지만 어쨌든 잘해야 이 년 내외.

여기 있는 아이들은 수백의 아이들 중에서 재능이 있어 이

년씩은 충분히 쌓인다 치자.

그러면 하루 잘해야 얼마나 쌓일지는 그 양이 정해져 있다 봐도 무방하다.

얼마만큼 쌓일지, 어느 정도 속도로 쌓일지 다 정해져 있다.

'그런데 속도가 확연히 올라갔다.'

그 정해진 양도 올라가겠지. 꽤 재미있는 상황이다.

"저희는 아직도 모르겠군요."

"보시다 보면 아시게 됩니다. 거기서 실마리를 얻을 수 있으실지도요."

"정말 그랬으면 좋겠습니다. 듣기로 고 표두도 신의님 덕분에 깨달음을 얻었다지요?"

"그건 또 어떻게 알게 되셨습니까?"

고 표두.

이통표국의 터줏대감이자, 반쯤은 운현의 스승인 자.

아주 오래전 자신에게서 깨달음을 얻어 절정이 되기는 했다.

지금에 이르러서야 이통표국이 너무 거대해져서 거기에 전념하느라 모습을 보이지 않기는 하지만 그래도 중요한 자인 건 분명하다.

그런 자의 이야기를 삼권호나 다른 무공 교두들이 어디서 또 들었을까?

"신의님이 없는 동안 교류가 좀 있었습니다."

"아. 그래요?"

"저희도 이곳에 있은 지 시간이 꽤 되지 않았습니까. 오고 가다 보니 자연스레 교류가 되더군요. 혹시 내키지 않으시다면……"

무림인끼리의 교류는 때로 문제를 야기하기도 한다. 그걸 염려하는 걸 게다.

그래서 운현의 의견을 다시금 물어보는 거겠지.

"괜찮습니다. 이통표국 사람들 아닙니까. 한 가족이죠."

"다행이로군요. 하핫. 사실 삼위일환공을 가르친 것도 그러하고, 여러 가지로 걸리는 바가 많았던지라……"

"제가 더 신경을 못 쓴 탓 아닙니까. 최선을 다하신 걸로 압니다."

자신들의 정식 제자가 아님에도 정식 제자처럼 키우는 그들이다.

다 이해하고 넘어갈 수밖에.

'그래도 과정은 여러모로 고쳐줘야 할 게 많겠군.'

여기서 운현이 할 일은 그들이 자신의 본분을 다할 수 있도록 돕는 것밖에 없을 터.

그리하다 보면 언젠가는 이 의명 의방도 완성될 게다.

두런두런 이야기를 하다 보니 시간이 꽤 흐른 듯하다.

어느덧 아이들의 눈이 하나둘씩 뜨여진다.

"오······."

정광 어린 눈빛.

평상시와 무엇이 다르다 느낀 건지 무공 교두들의 눈에
감탄이 서린다.

"한 번씩 살펴보시지요."

"예. 가서 봅시다."

"아무렴요."

교두들이 살펴보기 위해 걸음을 옮긴다.

그런 그들을 흐뭇한 눈으로 바라보는 운현이 있었다.

*　　　*　　　*

약에 효과가 있다. 후유증도 없다. 매일같이 내공심법을
돌리는데도 무리가 없다.

'그거면 됐지.'

재료값이야 이미 운현이 기운을 한 번에 불어 넣는 걸로도
확 줄어든다.

사실 돈이야 벌어들이는 게 있어 약간의 무리만 하면 될
정도긴 하다.

약초값이라는 원가만 들어갈 뿐. 실제 약을 만들 의원은 많으니까.

그래도 아낄 때 아끼는 거다. 앞으로 돈 들어갈 곳이 많으니 어쩌랴. 특히 지금 떠나가고 있는 그 덕분에 꽤 들 거다.

"그럼 다녀오겠습니다."

"다녀오시지요. 임시 총관은 누구입니까?"

"실상…… 따로 정해지지는 않았지만 급한 건 우진 의원에게 물으면 될 겁니다."

"우진 의원이요?"

"소질이 꽤 됩니다. 그래도 자신은 의원이기를 원하지만요."

"학사들을 어디서 구하기라도 해야겠군요."

"강증폭환이 있으니…… 그것도 나쁘지 않겠군요."

"그래요. 여기는 제가 지키고 있도록 하겠습니다."

"하핫. 그 말이 제일 반갑군요. 어쨌든 다녀오겠습니다."

한울. 그가 협상을 위해서 움직이기로 했다.

운현은 자신이 움직이는 게 더 나을 거라 했다. 이왕 친분이 있으면 거래에 도움이 될 수 있을 테니까.

빠른 속도로 움직일 수 있는 운현이 다니는 게 나을 수도 있다.

하지만 한울이 아주 학을 뗐다.

이번에도 운현이 의방을 나서게 되면 아예 총관업을 파업할 거라는 데 어쩌겠나.

　한울이 원하는 대로 운현은 남고, 우선은 한울이 갈 수밖에. 그래도 그도 많은 곳을 한 번에 갈 수는 없을 게다.

　의명 의방의 총관 자리는 여전히 할 일이 많으니까.

　어쨌거나 한울은 호위 무사가 될 몇과 함께 운현의 배웅을 받으며 그렇게 멀어져 갔다.

　함녕(咸寧)을 지나 무한(武漢)에 이르는 게 그의 첫 목표. 그가 돌아오기까지는 꽤 많은 시일이 걸릴 게다.

　오래도록 못 볼지 모르기에,

　'그동안 나는 약을 만들어야겠지.'

　강증폭환. 그리고 환화세공의 원리를 받아 만든 환약도 꽤 만들어야 할 거다. 매일같이 아이들을 먹이려면 만들어야 할 수가 가늠도 안 될 정도다.

　"기운 좀 빼겠군. 고생 좀 하겠어."

　점차 성장해 가는 의방을 머리에 그리고 있어설까.

　고생을 할 거라 말하면서도 운현의 입가에는 작은 호선이 그려져 있었다.

＊　　＊　　＊

약이 어느 정도 생산이 되자, 운현은 바로 아이들에게부터 환을 넘겨주었다.

재능 있는 몇 명만이 아니라 이곳 등산현에 있는 아이들 전부가 대상이다. 그 아이들만 수백이지만 족히 주고도 남을 능력이 있었다.

그 시작은 이른 새벽부터다.

자고로 내공심법이란 이른 새벽에 돌릴수록 효과가 있는 것이 상식이기에 자연스레 의명 의방 아이들의 아침도 빠르다.

졸린 눈을 비비면서 잠을 쫓아내려 하는 아이도 있을 법한데 오늘따라 다들 눈이 초롱초롱하다.

혹시 하고 돌고 있는 소문을 들어서 그럴지도 몰랐다.

그리고 그 소문을 무공 교두들은 배신하지 않았다.

"오늘부터는 오행환이 아니라 갈기환(刮氣丸)으로 대체하도록 한다."

소문을 들어서 그런가.

아이들의 눈이 초롱초롱하게 빛난다. 소문으로만 듣던 걸 자신들도 하게 된다는 것에 가슴이 떨리는가 보다.

"와."

"이게 그건가 봐. 그치?"

"어. 형들한테 들으니까 장난 아니래!"

"헤에……."

무공 교두들이 자신들의 손에 잘 싸여진 환 하나를 건네줄 때마다 감격에 젖은 아이들도 있을 정도다.

"다들 받았느냐?"

"예!"

"예엣!"

쩌렁쩌렁하니 울려 퍼지는 아이들의 목소리가 넓디넓은 의명 의방의 수련실을 가득 채운다.

평상시보다도 더 힘이 있다.

"그럼 다들 바로 환약을 삼키도록 한다!"

"예!"

약을 먹는다는 별거 아닌 행위지만 수백이 함께해서일까. 아니면 다들 감격에 젖어서일까.

단순히 약을 먹는 것뿐임에도 꽤 그럴듯한 그림이 그려진다.

"다들 살펴보지."

"그러죠."

이미 약효에 대한 증명은 되었지만 혹시 모를 부작용이 있을 수도 있는 일.

아이들이 하나둘씩 심법에 빠져들자 무공 교두들 모두가 나서 아이들을 주의 깊게 살펴보기 시작한다.

전처럼 일대일로 볼 수는 없기에, 순찰을 돌듯 아이들 사이사이를 조심스레 살펴보는 교두들이었다.

그리고 그런 그들의 뒤로 조심스레 같이 살피고 있는 운현이 있었다.

第五章
아집? 자존심?

'괜찮군.'

아이들이 한 번에 약을 흡수하고 함께 심법을 돌리게 되니 변화가 컸다.

고작해야 스물이 함께 진행하던 전에 비해서 자연진기의 변화가 더욱 커졌달까.

삼위일환공으로의 변화가 두드러졌다.

이 지역 자체가 삼위일환공에 맞춰진다는 말은 과장일지 모른다. 하지만 변화가 있음은 분명했다.

스물이 할 때와 수백이 할 때.

'안전성 차이는 분명 있기는 한데…….'

진기의 변화가 두드러지니 이러한 진기가 금세 아이들의 내공으로 치환될 것은 분명하다.

다만 다른 대문파들도 아이들이 일정 이상 경지에 오르게 되면, 따로 수련을 시키는 이유가 분명 있다.

바로 안전.

자칫하다 한 명의 아이가 독한 마음을 믹고 다른 아이들의 심법을 방해라도 한다면?

당장 몇 명이 될지 모를 희생자가 나올 수도 있다.

심법을 운기 중에는 잠깐만 건드려도 치명타니 그걸 염려하여 수백이 함께하는 건 막는 걸 게다.

"흠…… 그 부분만 어찌 해결하면 될지도 모르겠군."

안전만 해결해 놓는다면 어떤 식으로든 해결이 될 수도 있을 거다.

그도 아니라면, 지금 진기의 변화를 바탕으로 제갈가처럼 진에 관한 지식이라도 풀어 넣는다면 또 달라질 거다.

'연구하는 재미도 쏠쏠하겠어.'

무당의 면장공, 태극구공, 천화포접공 같은 특유의 수련 방식이 없는 의명 의방이다.

문파를 표방하지는 않지만, 무공 없이 버틸 수도 없는 상황이지 않은가.

이왕이면 무공을 익힌 아이들이 강하면 강할수록 뜻하지

않은 희생도 줄게 될 게다. 당연한 일이다.

그러니 의명 의방만의 방식을 만드는 것도 좋은 수가 될 수 있다.

약학으로 성장을 하는 방식에 몇 가지만 더하면 의명 의방만의 것들이 만들어지리라.

다른 문파에는 없는 특유의 색을 가지게 되는 거다.

한울이 의명 의방에 떠나간 그 상황에서 운현이 점차 의방 운영에 재미를 들이고 있었다.

*   *   *

함녕현에 들러 일은 금방 해낸 한울이다.

오랜만에 원일 상단 단주 우상훈을 만나 약초 거래에 관한 이야기도 새로이 해 뒀다.

운현이 만든 새로운 약을 위해서 꼼꼼하게 정리를 해 둔 거다.

형의문 문주 이의문에게 강증폭환을 넘겨주는 것도 쉬이 됐다.

그곳과는 이미 긴밀히 협조를 해서 얻을 것도 없는 터다. 이통표국만큼 한 가족은 못 돼도 같은 편은 됐다.

해서 별달리 얻어내는 것 없이 강증폭환을 넘겨줬다.

자선사업이 아니라 그들과 같은 식구가 피해를 받지 않기를 바라는 마음에서 넘겼을 따름이다.

꼼꼼한 그의 성격상 원일 상단에도 넘겨준 건 당연하다.

여기까지는 아주 좋았다.

의명 의방이 비록 등산현에서 시작이 되었을지 몰라도 함녕현도 확실하게 발을 뻗고 있음을 느낄 수 있었다.

일종의 보람이랄까.

의명 의방이 자신의 것은 아니더라도, 소속감은 충분히 있는 한울이다.

그이기에 자신의 일처럼 아주 잘도 처리를 해 놓았다. 괜히 제갈소화가 자신의 후임으로 한울을 뽑은 게 아닌 것이다.

문제는 그 위.

황석(黃石)현을 와서부터다.

그곳에 있는 유명 문파는 셋. 진혼방, 삼의문, 지건문 셋이다. 쇠퇴를 반복하는 게 무림문파라지만 이 셋은 적어도 황석현 내에서는 걸출한 편이다.

진혼방은 강가를 끼고 있다 보니 만들어진 방이다.

어부와 상단 일을 하던 자들이 모여 만든 문파다. 기원이 그러한 만큼 문파라기보다는 일종의 모임으로서의 성격이 강했다. 그래서 방이라 이름 지은 거다.

하지만 지금에 이르러선 무림 문파에 가까워져 본래 기원한 일보다는 다른 것들에 관심을 두고 있다.

이를테면 문파의 세 확장이라든가, 끼고 있는 강을 근거로 한 이권 사업이랄까.

대부분의 문파가 가는 길을 진혼방도 가고 있었다.

한울은 그곳을 가장 먼저 들렀다. 운현의 유명세가 있는지라 의명 의방 중책인 그를 홀대하지는 않았다.

"하핫. 저보다도 더 유명하신 분이 무슨 일로 오셨습니까?"

진혼방의 지어충천검(池漁衝天劍)이라는 멋들어진 별호를 가진 문주 운용방이 그를 맞이했다.

무려 문주가 그를 맞이하였으니 진혼방으로서는 가장 최상의 대우를 한 것이나 다름없었다.

그에 한울은 이번 일이 쉽겠거니 했다. 그리 어렵지만은 않을 거라 본 게다.

"다름이 아니라 이번의 일로 찾아왔습니다."

"이번의 일이라 하심은……."

"……암중 조직이지요."

이름은 그 누구도 밝히지 못했다.

아니 이름이 있는지나 불분명하다. 분명 있긴 할 텐데, 말단만 잡고 있으니 문제다.

"커흠…… 그 이름도 모를 그곳 말입니까?"

"예. 하지만 있는 건 확실합니다."

"……뭐 그렇지요. 신의님이 달리 말을 해 주신다면 참 좋으실 텐데. 아무래도 아직입니까?"

"그에 관해선 저도 듣지 못한지라 송구스럽군요."

운현은 뭔가를 알고 있는 거 같기는 한데 달리 말을 하지 않고 있다.

게다가 이 암중조직은 그들이 말하는 대의라는 어떤 목적에 입각하여 움직이는데, 이 대의라 하는 것도 예상되는 건 많으나 맞다 싶은 건 몇 없었다.

다들 오리무중에 있다.

그러나 확실한 건 그러한 조직이 있다는 것이다.

또한 지역에서 어느 정도 세를 이뤘거나 이름이 있는 자는 그런 조직이 있음을 알고들 있다.

인연으로 말미암아 듣거나, 그들이 가진 정보에 관한 연줄로 알고 있는 게다.

"그래. 그런 조직이 있다 하면, 그와 관련되어 저희에게 무슨 일을 필요로 하시는 겁니까?"

"필요하기보다는 필요한 것을 드리려 하는 겁니다."

"필요한 것을 준다?"

"예. 세작에 관련해섭니다."

본론은 금방 나왔다. 이때의 한울은 자신이 넘쳤다.

진혼방은 전부터 세를 확장하려 하니 사람을 들일 테고, 사람을 들이다 보면 첩자도 많을 수 있을 터.

암중 조직이 첩자를 만드는 일에 십수 년을 들여왔으니 이들 가운데에서도 첩자가 있을 확률이 높았다.

그런 그들도 아직 환화세공을 잡아내는 강중폭환에 대해서는 대비를 못할 터. 지금 첩자를 잡아 놓아야 했다.

몇 번이나 강조하지만 내부의 적이란 그만큼 무서운 것이니 대비란 하면 할수록 좋았다.

"세작이라. 그흠⋯⋯."

운용방이 불편한 기색을 내보인다.

문파를 운영하는 그에게 세작이라는 말은 어쩔 수 없는 불편함을 주는 단어긴 하다.

'정도 이상이로군⋯⋯.'

하지만 그가 보이는 불편함은 그 이상이다. 흡사 금기어 그 이상을 말한 느낌이다.

"우리 문파에 세작이 있을 거라 보는 겁니까? 우리는 모두 황석현 출신입니다."

같은 출신이여서인가. 유대감이 강한 것이 지역 기반 문파의 특징이니 그가 불편함을 느끼는 것도 당연하다.

하지만 암중조직은 더 치밀했다. 환화세공의 무서움 또한 그 치밀함에 뒤지지 않은 터.

"하지만 그들은 세작 하나를 준비하기 위해 십수 년을 준비하고는 합니다."

"그렇습니까? 그래도 나와 우리 방의 사람들은 그 이상을 있어 왔습니다."

"흐음…… 해도 가능성이 전혀 없지는 않지 않겠습니까?"

"어떤 수단으로 그것을 잡겠다는 말입니까?"

뭔가 일이 잘못 돌아감을 느꼈다.

"신의께서 약을 준비하셨습니다."

"약…… 약이라……."

"강증폭환이라는 겁니다. 첩자들이 익히는 무공의 기운을 증폭시키는 약이지요. 이 약으로 저희는 첩자를 잡아냈습니다."

이만큼 길게 설명하면 알아듣지 않겠나.

약이 얼마든 그것으로 첩자를 잡아들일 수 있다면 싸게 먹히는 거다. 그러니 이를 기반으로 많은 걸 얻을 수 있겠지.

이를테면 의방의 확장을 넘어 그 이상.

당장 운현의 허가를 받기는 해야겠지만, 운현이 원한 것 이상으로 많은 것을 얻을 수 있을 거라 봤다.

한울은 그리 생각했다. 그런데,

"흠…… 신의님의 약을 감히 의심하는 것은 아닙니다만

은. 저는 우리 방의 사람들을 믿습니다."

거절을 당했다.

생각을 하는 척했으나, 그 생각이 그리 길지도 않았다. 잘해야 반의 반각 남짓.

차 한 잔 마실 시간도 생각지 않고서 한울의 제안을 거절한 게다.

'……허.'

그들에게 이득이 되는 것을 판다고 생각하던 한울로서는 당황스러울 와중.

"그 외에 다른 이야기가 없다면…… 제 일을 보러 가야 할 것 같습니다만, 괜찮겠습니까?"

완곡한 축객령까지 들어 버렸다.

전혀 생각지도 못한 상황.

아무리 첩자라 하는 게 기분 좋을 수 없는 거라지만, 그런 것일수록 더욱 지워야 하지 않겠는가.

첩자를 지울 수 있는 어떤 수단을 가져다주는데도 거절을 할 줄이야.

예상 밖의 상황에 그로서는,

"알겠습니다. 혹여 생각이 바뀌신다면 의명 의방으로 찾아오시지요."

"내 생각해 보겠습니다."

"……예. 그럼 먼저 가봅지요."

떨떠름한 표정으로 진혼방을 나설 수밖에 없었다.

그동안 자신이 생각하는 대로 일이 돌아가기만 했던 한울로서는 참으로 전에 없던 경험이었다.

'진혼방만 그럴지도 모른다.'

라는 생각으로 한울은 삼의문과 지건문도 바로 돌아보았다.

삼의문은 무당의 속가제자가 만든 문파이며, 지건문은 제갈세가와 연이 닿은 문파였다. 그들의 기원이 무당과 제갈에 뿌리 깊게 박혀 있는 거다.

두 문파와 운현의 인연을 생각하면 그리 짧지만은 않은 터.

하여 한울은 이들은 다르겠지 하고 생각하며, 진혼방주에게 했던 제안과 같은 제안을 하였다.

"무슨 일로 오신 겁니까?"

"이번에 첩자로 관련하여……."

한 번의 거절을 반석 삼아 전보다 더욱 신중히 이야기를 펴기 시작했음은 물론이다.

하지만.

"죄송스러우나…… 그에 관한 건 아무래도 받아들이기가……."

"허헛. 저희 문파가 그럴 리가요."

결국 이 또한 거절을 당했다.

도무지 거절을 할 만한 일이 아님에도 거절을 당할 줄은 한울도 생각지 못했다.

그들 문파의 방식이나 그들에 대한 이해도가 부족한 탓으로 인해 벌어진 실수였던 것이다. 거기까지는 미처 생각지 못한 그가 여러 시간을 보내었으나.

"허어…… 왜 실패란 말인가?"

생각 이상으로 성과는 없었다.

*   *   *

다행히도 관은 한울을 도와줬다.

"허어? 그런 게 있단 말인가?"

"예. 신의님께서 직접 제조하신 약입니다."

"허어. 그 신의님이!"

그들에게 가장 무서운 자는 성주도 아니고 황녀가 될 수밖에 없다.

막상 눈앞의 상전이 중요하다 해도, 그들의 가장 윗전이라 할 수 있는 성주가 황녀를 무서워하니 어찌하겠는가.

밑에 있는 그들로서는 까라면 까야 하는 처지인 게다.

게다가 신의인 운현과 황녀의 친분이 두터움은 소문이 나다 못해 다 퍼진 상태.

성주야 신의를 아직 하대할 수 있다지만, 이들로서는 참 애매하게 보이는 게 신의다.

황녀와의 친분을 떠나 그 영향력이 결코 낮다 할 수 없는 덕분이다. 그 때문인지, 그들은 좀 더 적극적이었다.

"그러한 약이 있다면 사야지. 그래, 얼마만큼이면 효과를 보는가?"

"당장 나오는 경우도 있고, 확신을 위해서 최소 세 번은 해 봐야 합니다."

"세 번이라…… 많지는 않구먼?"

그 이상도 된다는 눈치였다.

자신들의 돈을 쓰는 게 아니라 관의 돈을 사용하니 더욱 배포가 큰 걸지도 모른다. 세금을 눈먼 돈이라 생각하는 자들은 예나 지금이나 존재하는 듯했다.

'쯧…….'

관 사람이라 해서 다 그러한 것은 아니지만, 그런 자들이 많기도 한 터.

분명 첩자를 캐내기 위한 약을 사는 건 선한 행위이며, 그 행위를 돕는 것뿐인데도 입이 썼다.

나쁜 짓을 해서 이득을 취하려 하는 것도 아닌데 괜히 입이 쓰니 한울로서도 그 장단을 맞춰 주기는 어려웠다.

"신의님께서 직접 만드셔서 그런지 약 효과는 괜찮습니다."

"그래. 커험…… 신의님이 하셨다면야 당연하지."

"무공을 익힌 무림인도 동석하기는 해야 합니다."

"그거야 호위무사를 시키면 될 일 아닌가?"

"그거면 되겠군요. 그리고 이왕이면……."

한울은 조심스레 운현과 상의한 바를 꺼내어 들었다.

돈이야 어떻게든 벌어들이면 될 일이지만, 그 이상의 것을 원하기에 이야기를 꺼내는 한울로서도 조심스러웠다.

그들이 원하는 건 의방의 확장. 다른 일이 아니라 그것이 가장 중요했다.

강증폭환은 호북 전역 확장을 위한 밑거름일 뿐이다. 그것을 한울이 조심스럽게 표현을 했건만.

다 들어 본 황석현 관리는.

"그건 좀 어렵지 않은가? 내 성주님 허락이 있다면야 또 모르네만……."

난색을 표했다.

난색도 그런 난색이 없었다. 조금 전까지의 호의는 어디에 내팽개쳤는지 모를 정도다.

운현이 황녀로부터 허락받은 곳 이상으로 확장을 하는 것에는 역시 조심스러운 듯했다. 황녀와 직접 연관이 있으니 어쩔 수 없을지도 몰랐다.

해서 다시 묻기는 했다.

"그렇습니까?"

"황녀님이 직접 명하신 건 아니나, 아무래도 우리도 상황이 상황이 아닌가. 그러니 우리 관아가 협조적일 수는 없지."

관아가 협조적이지 않다라.

'제갈가나 무당파의 협조를 얻는 건 시간문제일 터.'

중소문파가 강중폭환에 대해서 아집을 보이는 건 어쩔 수 없다 하나, 운현이 직접 나서면 다를 수도 있다.

제갈이나 무당도 분명 그러할 확률이 높았다.

한울로서는 자신의 손에서 모든 일을 해결치 못하는 게 아쉽기는 하다. 그도 사내로서 자신의 능력을 보이고픈 욕심은 있었다.

문제는 현실은 그게 아니 된다.

운현이 직접 나서야만 하기는 했다.

운현이 쌓아 놓은 업적이란 게 대단해서 그가 나서면 한울이 안 되는 것도 될 수 있었다.

어쨌든 그만 나선다면 강중폭환을 넘기며 여러 이득은 얻을 수 있을 터. 그러니 아직까지도 긍정적으로 보는 게다.

문제는 관아인데, 직접적으로는 협조가 불가능하다 했다.

하지만 뭐든 직접적으로 안 되면 간접적인 방식도 있는 거다. 일종의 꼼수란 걸 발동하면 되었다.

꼼수를 사용함에 있어서 한울은 운현만큼이나 능력이 됐다. 좋게 말해 수완이 좋달까.

그가 은근하게 물어 왔다.

"그럼 이런 방식은 어떠십니까?"

"뭐가 말인가? 아무래도 의방은 우리로서도 힘든데……
그건 좀 넘어가면 안 되겠는가?"

관리가 앓는 소리를 한다.

"그것 말고도 방법이 있지요. 의방이 아니라, 작게 약방
정도만 임시로 두는 겁니다."

"임시로 말인가?"

"예. 어디까지나 임시입니다. 강증폭환을 여러 번 사용키
위해서는 약방은 필요치 않겠습니까."

"흐음……."

눈 가리고 아웅 하자는 소리다.

보통은 이런 경우 넘어가기는 하지만, 문제는 상대가 황녀
다. 그녀는 그 미모만큼이나 지모도 있는 터.

잘못해서는 쉬이 안 넘어갈 수도 있다.

특히나 모든 것에 책임을 회피하는 데 특화되어 있는 관리

라는 작자들은 자신이 책임질 일은 잘 하지 않는 법이다.

그들은 책임을 지느니 아예 일을 않아버린다. 일종의 관리 특허 기술 같은 거라 생각하면 쉽다.

해서 한울이 가려운 부분을 긁어줬다.

"책임은 저희가 지겠습니다."

"호오?"

"단지 저희가 알아서 만들었을 뿐입니다. 뭐 적당히 눈을 감은 걸로는 뭐라 안 하시지 않겠습니까?"

"그래도 조금 부담스럽네만은……."

"하핫. 그 부담이야 저희가 성의껏 없애 드리겠습니다."

성의.

성의라는 말에 그의 눈이 작게 커졌다 이내 원래대로 돌아간다. 성의가 무엇을 의미하는지 같았다.

한울이 가려운 것을 긁어주며 좋아 하는 걸 주려 했다.

"그리고 이곳 말고도 다른 곳도 할 생각이니, 모든 걸 떠안으실 일은 없습니다."

"허허."

"게다가 일만 잘되면 세작을 잡으신 공이 위로 올라가지 않겠습니까?"

"그거 좋구먼!"

성의를 표시하고, 책임은 회피시켜 주며, 작은 책임조차 자신들이 진다 말한다.

게다가 공은 관리가 가지라고 하니, 이야말로 일석이조를 넘어서 일석사조는 충분히 되지 않는가!

그제야 난색을 표하던 관리의 얼굴이 반색으로 돌아섰다.

그의 눈에는 한울이 부담만 주는 자가 아니라 숫제 선물 꾸러미로 보이는 듯 호의까지 어릴 정도다.

가려운 곳 긁어주고 얻을 것만 얻게 해 주니 이보다 귀한 귀인이 있으랴.

"거 필요한 것만 있으면 얘기하게나. 정히 필요하면 여기서 머무르도록 하고."

"하핫. 돌아오는 길에 머물도록 하겠습니다."

문파를 상대로는 실패를 하고, 관아를 상대로는 성공을 했다.

반의 성공. 반의 실패.

그러한 기록을 계속해 가며 성도 무한에 이르기까지의 걸음을 재촉하는 한울이었다.

*   *   *

손에 익으니 속도가 빨라지는 건 당연. 약이 더 만들어지자 표국에도 갈기환이 보급되기 시작했다.

"허허. 고맙구나."

덕분에 국주인 이후원으로서는 얼굴에 웃음꽃이 폈다.

첩자들로 인해서 떨어진 사기를 이번 갈기환을 통해서 만회를 해 보려는 자세가 엿보였다. 이것으로 당장은 아니더라도 미래의 전력도 강화될 수 있으니, 금상첨화나 마찬가지.

인생에도 굴곡이 있듯 이통표국도 굴곡을 느끼며 성장을 해 나가고 있었다.

"흐음. 일차적인 건 완료. 그럼 바로 다음이지."

운현 또한 그렇기에 걱정을 덜며 다음 단계로 나아갔다.

산적한 해야 할 일들을 하나씩 해결하기 위해서 또 몰두를 하기 시작한 게다.

물론 한울이 떠나기 전까지도 말해 놓은 바가 있어, 완전히 자신만 공간으로 침잠해 들어가지는 않았다.

할 일은 했다는 소리다.

그래 봐야 한울이 만족을 할지는 모르겠으나, 그럭저럭 의방은 돌아가고 있었다.

누군가가 잘 돌아가면 또 누군가는 아니기도 한 법.

당장에 무당파만 해도 그러했다.

자소전(紫霄殿) 운인 도장의 얼굴에는 근래 들어 주름이 가실 날이 없었다.

"아직도 모르겠더냐?"

"……모르겠습니다. 분명 있음을 아는데도 어찌 입을 닫아야 합니까?"

"확실한 방법도 없지 않더냐?"

"당장은 없더라도 찾아야 하지 않겠습니까."

"허허…… 네 말이 틀리지는 않는다. 허나 그게 어려우니 문제겠지."

그의 자랑스러운 첫째 제자 이명학.

그와 운인 도장 사이에 처음으로 의견이 달리하였으니, 어찌할 바가 없었다.

젊은 날의 혈기가 있어서인가. 명학은 무당에 돌아오자마자 자소전에 있는 운인 도장을 찾았다.

그러곤 물었다.

"몇 번이고 전서구를 보내었으나, 답변이 없어 직접 찾아왔습니다. 전서구는 제대로 갔는지요?"

둘째인 문환을 두고 홀로 온 이유.

혹시나 스승인 그에게 괴변이나 있을까 한 것이 첫째요.

둘째는 있어서는 안 되나 무당에도 첩자가 있을까 하여 염려를 한 것이었다.

제자로서, 또한 무당의 문파원으로서 너무도 당연한 일을 한 것이니 그가 틀리다 말할 수는 없었다.

문제는,

"받았다. 이 스승이 직접 받았으니 문제는 없었다."

"혹여나 무슨 일이 있을까 싶었습니다. 다행이로군요. 그런데 어째서 답신이 없으셨던 겁니까?"

제자의 물음이 무엇이든, 인자하니 대답을 해 주던 운인 도장이다.

하지만 그날만큼은 인상을 굳힐 뿐 바로 답변을 해 주지는 않았다. 아니 못 했다고 보는 게 더 무방하리라.

"당장 달리 스승이로서 할 말이 없기 때문이니라."

운인 도장의 말에 명학이 놀라 물었다.

"할 말이 없으시다니요? 그럼 달리 무당파 내에서의 조치는 없으셨던 겁니까?"

"그러하다. 다만 자소전주인 진운(眞雲) 진인까지는 알고 계시다."

"그러시다는 말씀은……."

장문인까지는 이야기가 안 들어간 것입니까라고는 차마 묻지 못한 명학이다.

그래도 용케 알아들었는가, 멍하니 자신을 바라보는 명학을 바라보며 고개를 가로로 휘휘 젓는다.

"못 하였다."

"어째서입니까? 잘못된 건 응당 바로잡아야 하지 않습니까?"

"방식의 차이이니라. 방식의 차이."

바로잡아도 문제일 터인데. 방식의 차이라니. 명학으로서는 이해를 할 수가 없었다.

제갈세가만 하더라도 당장 급하게 움직이기 시작했는데, 무당은 가만있어서야 되겠는가. 그리해서야 큰 피해를 입을 수도 있는 터다.

그때부터 입장의 차이가 비롯되었다.

운인 도장은 지금 이대로 살펴보며, 차분히 있어야 한다 했다.

첩자가 있다 하더라도 순리에 따라야 한다고 말한 게다.

조심성이 많아 그럴지도 모른다.

내부를 뒤지는 것이 자칫 빈대 잡으려다 초가삼간 태우는 꼴이 될 수 있다고 보는 게다.

애꿎은 희생자라도 나올 경우를 생각하는 것이겠지.

또한 자신이 평생을 몸담아 온 무당에 그리도 많은 첩자가 있을 거라고는 생각키 싫은 것일지도 몰랐다.

아니라고만 하고 싶을 수도.

'급한 일일수록 돌아가라 했거늘……'

어쩌면 확신이 서는 방법을 찾기 이전까지는 침묵하려 하는 걸지도 몰랐다.

그의 성격상 확실치 않으면 움직이지 않는 경향이 강하였으니까.

자신 앞에서 처음 의견을 대립하는 제자처럼 젊은 혈기가 없어 그럴지도 모른다.

반대로 명학은 큰 피해가 있기 이전에 움직이자는 게다.

침착하기만 한 그지만, 그렇다 해서 무당에 애정이 없는 게 아니었다. 평생을 몸 바칠 곳이라 여기는 곳이니 애정이 없을 리가.

그렇기에 평소 성격답지 않게 급하게 스승을 닦달하는 게다.

다소 작은 피해가 생긴다고 하더라도, 큰 피해를 막기 위해서는 우선 움직이고 봐야 한다 보는 게다.

스승의 말대로 젊은 혈기에서 비롯된 움직임이라고 할지라도!

'일이 벌어지기 이전에 움직이는 게 낫지 않은가.'

미리 예상이라도 하고 있다면 일이 크게 벌어졌을 때 대비라도 할 수 있을 테니까.

일이 커지고 나서의 혼란보다는, 미리 예방을 하고 움직이려는 게다.

그게 설사 작은 희생을 낳을 수 있더라도 나중을 위해서라 생각한 거다.

운인 도장이나 명학 둘 모두 방식은 달라도 무당에 대한 애정만큼은 깊은 터.

대립각을 세운다 하더라도, 감정을 내세워 서로를 상하게 않는 것은 그 애정을 이해하고 있는 덕분일 게다.

허나 그래도 명학 입장에서 방법을 찾기는 찾아야 했다.

"스승님. 방식의 차이라면…… 제 방식으로 따로 움직이는 것도 안 되겠습니까?"

"허헛. 달리 무슨 수가 있느냐?"

"아직은 없습니다. 하지만……."

"그 수단이 분명하다면 내 어찌 막겠느냐?"

"우선 움직이고 본다면……."

"지금의 네 방법으로는 애꿎은 희생이 있을 수밖에 없다."

"그렇다면 찾으면 되겠습니까? 어떤 식으로든 확실하게만 할 방법을 찾으면 되는 것입니까?"

"흐흠……."

그 정도로 생각하는 건가.

'혈기인가. 아니면 달리 수를 찾을 수 있는 겐가.'

이쯤 되면 말린다고 해서 능사가 아닌 걸 깨달은 운인 도장이다.

말리기만 해서는 제자가 어디로 튈지 예상이 되지 않는다.

속가제자이던 시절에서부터 지금에 이르기까지 실망 한 번 주지 않던 제자지만, 젊은 혈기로 엇나가게 되면 또 혹시 모르는 터.

자소전에 있으면서 많은 무당 제자들이 젊은 혈기로 일을 망쳤던 것을 보아 왔던 운인 도장이다.

그들의 뜻은 젊음의 순수만큼이나 숭고할지라도, 서툰 방식에서 나오는 문제였다.

그러니 적당히 들어 주기는 해야 한다 여겼다.

"이 스승도 납득할 만한 방법이라면 분명히 들어 주겠느니라."

"납득할 만한 방식이면 되는 겁니까?"

"그래. 그 방법이 확실만 하다면 분명히 받아주겠으니. 할 수 있겠느냐?"

대답은 정해져 있다.

"예! 확실하게 해 보이겠습니다!"

"허허. 그래……."

당장은 말렸지만, 언젠가는 젊은 혈기로 문제가 발생할 수도 있는 터.

'잘할 수 있을는지.'

제자를 믿어야만 하는지, 큰일을 벌이기 이전에 말려야 할지부터 근심 어린 고민을 하는 도장.

'해내고 말 것이다. 방법은 찾으면 분명 있는 터.'

젊은 혈기와 무당에 대한 애정으로 말미암아, 의욕을 잔뜩 세우고 있는 명학이었다.

第六章
눈 가리고 아웅하기

거간꾼의 모습에는 조심스러운 기색이 역력했다.

요 사이 거래가 없었다.

헌데 오랫만에 큰손을 만났으니 그가 잔뜩 긴장한 것도 당연했다.

"이 정도로도 안 되겠습니까?:"

"좀 작지 않소?"

"방만 세 칸이고, 마당도 넓고 시장에도 가깝습니다만은……."

"약방으로 쓴다고 하지 않았소이까."

"그러셨지요."

"안이야 고쳐 쓰면 된다지만, 크기가 너무 작소."

또 작다 한다.

약방이 커봐야 얼마나 커야 한단 말인가.

의명 의방에서 나온 사람이라 그릇이 큰 것은 알겠지만, 도무지 거간꾼 입장에서는 가늠이 안 된다.

벌써 몇 번이나 방을 봤는지.

큰 곳을 거래하면 거래할수록 넘어오는 돈이 꽤 큼지막하니, 발품을 파는 거야 좋다.

하지만 기껏 발품을 팔아 놓고도 제대로 된 곳을 못 보여 줘서야 거래가 성사되기나 하겠는가.

그리되어서야 발품만 팔고 남는 게 없게 된다. 큰손도 결국에는 거래를 해야만 큰손인 게다.

상대도 몇 번이나 발품을 파는 것에 지친 것인가. 아예 먼저 말을 꺼내었다.

"못해도 이곳의 두 배. 가능하면 이곳의 서너 배도 괜찮소이다."

"그, 그렇게나 크게 말입니까?"

지금 있는 곳만 하더라도 방이 세 칸이라지만, 결코 작지 않은 세 칸이다.

사람 하나 겨우 누울 만한 곳이 아니라, 사람 몇씩을 누일 방이 방 한 칸인 곳이다. 그게 세 칸. 결코 작을 리가 있겠는가?

몇 장은 됨 직한다.

그런데도 더 큰 곳을 원한다고?

'큰손인 거야 알았지만……'

이건 상상 이상이지 않은가.

좋다. 아주 좋다. 잘하면 몇 달은 벌지 못했던 돈을 만회할 수 있을지도 모른다. 아니, 만회할 거다.

"하나 있습니다. 족히 여기 네 배는 됩니다. 마당, 아니 정원까지 하면 그 이상일지도요."

"좋군요. 거기부터 보여주시지 그랬습니까?"

"하지만 이게 워낙에 비싸게 나와서……."

"상관없습니다. 일단 가서 보지요."

그날. 거간꾼 한석은 오랜만에 대박을 맞이했다.

의명 의방이 들어설 곳의 거래를 성사시킬 줄이야!

비록 약방만 들어설 곳이라지만, 결코 작은 약방은 아니었던 터!

한울이 지나가는 지역 곳곳에서, 점차 일이 벌어지고 있었다.

*   *   *

의방에 있을 사람들까지 불러들여 부족한 일들은 대신 맡기기까지 하고서는, 발걸음을 재촉한 보람이 있었던 건지.

"여기가 무한인가."

"생각보다 일찍 도착했습니다. 잘도 따라왔구려."

"이래 봬도 아이들과 함께 토납법 정도는 하는지라 다행이었지요. 하핫."

한울을 호위해 주던 무사들도 그를 다시 봤을 정도다.

생판 샌님인 줄만 알았더니, 경공을 쓰지는 못하더라도 험한 길을 잘도 따라왔다.

자신들이야 호위만 하면 된다지만, 한울의 경우에는 다르지 않았던가.

관리를 상대하고 자신들과 같은 무인들을 상대하며 거래를 해야 했던 한울이다. 그런데도 잘도 일정을 소화해 냈다.

평소 체력을 갈고 닦은 것도 있겠지만 그가 남다른 정신력을 발휘한 것도 있으리라.

"자자, 성도에서부터는 잔뜩 긴장해야 합니다. 아시죠?"

"그렇겠지요."

"드디어 본선입니다. 이제부터는 제대로 해야지요."

"저희야 전부터 본선이었지요. 호위만 하면 되는 것 아닙니까. 한울 학사, 아니 총관님이 지금부터 고생이겠지요."

그런 건가. 지금까지 잘해 놓고도, 여기부터 막히게 되면 다시 말짱 도루묵이 될 수도 있다.

성주와의 담판은 그만큼 중요했다.

그런데 호위들은 여전하다니. 왠지 억울한 느낌이 드는 한울이랄까,

그래도 어쩌겠는가. 자신이 이 일을 맡겠다 하고 왔다. 끝까지 해야지.

비록 성공치 못한 일도 있지만,

"할 만큼 해 봐야 하지요."

그래도 끝까지 해 봐야겠지.

신의인 운현에게 잔소리 한 번 날리기 위해서라도 잘해야 하지 않겠는가.

'애써 봐야지.'

끝까지 해내 보겠다고 다짐을 해 보는 한울이었다.

그가 다짐을 하는 바로 그 시간.

누군가 다짐을 한다면 다른 누군가는 이미 한 다짐을 실행할 수도 있는 법이다.

제갈소화가 딱 그 경우였다.

의명 의방이 내부로도 내실을 다지며, 동시에 외부로도 성세를 끌어 올리는 그 사이.

무당과는 다른 방식이지만 제갈세가로서는 외부에 시선을

두기 이전에 내부부터 신경을 써야 하는 상황이었다.

당장 내부에 문제가 있는 자들이 있는데도, 밖을 신경 쓸 만큼 어리석지는 않았으니까.

그만큼 어리석었더라면 그 오랜 시간 동안 제갈세가라는 이름을 걸고 풍토를 견뎌낼 수 없었으리라.

'아버지는 내부의 일은 내부로서 끝내야 한다 말씀하셨지만……'

제갈소화의 생각은 달랐다.

운현의 옆에 있으면서 무조건 숨겨야만 능사는 아니라는 걸 배운 제갈소화다.

자신들이 할 수 없는 건 때로 외부의 도움을 받기도 해야 했다. 비록 그것이 체면을 조금 깎아 먹을지 모른다 하더라도.

'비밀만 지켜진다면 상관이 없을 터.'

모든 걸 밝히고 움직일 필요는 없겠지만, 지금까지의 것과 방식만 달리하면 분명 움직일 방법은 있었다.

운현은 자신이 제갈소화에게 많은 것을 빚졌다고 여기지만, 되려 그녀가 더 많은 것을 배웠달까.

있는 방식은 전부 사용하고 보는 것과 치부만 되지 않는다면 상관이 없다 보는 것.

그게 제갈소화가 의명 의방에 총관으로 있으면서 운현으

로부터 배운 바다.

'이를테면 융통성 같은 거지.'

상대가 세가 내에서 상상할 수 없는 방식으로 움직였다면 외부의 눈을 얻으면 될 일이다.

그게 염려가 된다면, 내부에서부터 다른 시선으로 볼 자를 모아 볼 수도 있다.

생각을 조금만 달리하면 방법은 많았다.

해서 제갈소화는 자신의 아버지인 제갈민이 잔뜩 권한을 높여준 지원당의 무사들을 닦달할 생각이 전혀 없었다.

아직 어린 나이. 하지만 재기가 충분히 넘치는 아이들.

언젠가는 제갈소화의 중추가 될 아이들. 동시에 언젠가 자신이 떠받들 수도 있을 아이를 찾으면 되었다.

"후우……."

그녀도 긴장을 하는가.

고풍스러운 문 앞에 멈추어 서서 작게 심호흡을 내뱉어 본다. 그러곤 이내 작게 문을 두드린다.

그것으로도 충분했다.

"누님이십니까?"

"그래."

"기다리고 있었습니다."

됐다.

그 대답을 듣고서야 그녀는 자신의 생각이 잘못되지 않았음을 알았다.

*　　　*　　　*

여인들의 마음을 흔들기 위해서 태어나기라도 했는가.

사내라기에는 선이 고왔으나, 그렇다 해서 여인이라고 보기에는 그 선이 여리지만은 않았다.

"문아."

"생각보다는 늦으셨습니다?"

"네 성정을 생각한 것이지."

"뭐 슬슬 몸이 달아오르고 있기는 했습니다."

제갈문현.

제갈가 직계의 자식. 제갈소화와 비슷하게 제갈가의 중추에 있으면서 제갈가의 차기 신예로 주목받고 있는 아이다.

무공이라면, 무공. 학문이라면 학문에 이르기까지.

그 영역이 넓었고 깊게 익힐 줄을 알았다. 제갈가 모든 어른들을 뛰어넘지는 못했으나, 이 나이에 그 정도만으로도 어딘가.

운현이 없었더라면 호북에서 명성을 더 끌어올렸을 이가 바로 눈앞의 제갈문현이다.

제갈가의 어른들은 운현에게 명성이 가려진 걸 안타까워하기는 했지만, 오히려 제갈문현은.

"깊이에 더 집중을 할 수 있으니 오히려 낫지 않습니까?"

찾아오는 이들이 줄어들어 자신만의 시간을 할애할 수 있음을 더 기뻐했다.

타고난 재능이 있음에도 노력까지 더해지고 있는 이가 바로 제갈문현이었던 것이다.

그렇다 해서 거만하지도 않았으니, 하늘에서 내린 영재가 있다면 그가 바로 제갈문현. 제갈가에서 두문불출하기만 하는 이다.

'숨겨진 진주지.'

하지만 이제 더는 숨어 있을 수만은 없었다.

평화로운 때야 모르겠다만, 이제는 난세가 아닌가. 낭중지추라는 말을 가져다 붙일 것도 없이 이럴 때면 자연스레 능력 있는 자들이 나설 수밖에 없다.

손이 모자라니까.

"다행이로구나. 네가 싫다면 강제로 시킬 생각은 없었으니까."

"배려입니까?"

"그래. 배려지."

"흐음…… 상대가 배려라 생각지 않으면, 배려가 아닙니다만은. 그래도 누님이시니 넘어가지요."

"고맙게 생각해야 하는 거니?"

"왜 아니겠습니까. 하핫."

"애 같기는……."

"저를 애라고 하는 이는 누님밖에 없을 겁니다."

둘 다 직계인 만큼 어려서부터 친분이 두터울 수밖에 없다. 대단하고 또 대단한 문현이라지만,

'아직 아이.'

어려서부터 문현을 보아 왔던 제갈소화로서는 귀여운 동생일 수밖에 없었을 따름이다. 그래서 더더욱 늦게 찾아왔는지도.

오랜만에 주어지는 일상의 대화에 조금은 마음이 편해지는 제갈소화였다.

"핏. 그래도 너는 애야. 그나저나 왜 찾아 왔는지는 알겠지?"

"물론입니다. 눈이 필요하신 거지요."

"그래. 네가 따로 가지고 있는 눈이 필요해."

제갈문현이라 해서 따로 정보 조직이 있지는 않다.

하지만 정보 조직보다도 쓸 만하다 할 수 있는 걸 가지고는 있다. 소위 말해 인맥이라 불리는 것.

자신의 또래에 있는 아이들과 어울릴 줄 아는 문현이다.

사내자식이며, 제갈가의 직계라는 것도 적당히 이용할 줄 알아서 제갈가와 연관이 있는 문파의 아이들을 이끌 줄도 알았다.

그렇게 쌓은 인맥이, 제갈문현의 인맥이다.

'아직 완성되지는 않았지만……'

후에 문현과 어울리던 이들이 각 문파의 문주가 되고 중추가 되고 난다면 그때는, 호북에서 꽤 영향력 있는 인맥이 될 터다.

아직 그러한 인맥을 꺼내기에는 시기상조지만, 난세라는 상황에서는 어쩔 수 없었다.

"흐음…… 그 정도야 당연히 도와 드려야겠지요. 안 그래도 몸이 달아 있는 건 저만이 아니니까요."

"너무 무리하면 안 돼. 네 생각 이상으로 위험해."

"심각한 건 알고 있습니다."

젊은 혈기일까.

운현에게서 느껴지지 않는 모습이지만, 제갈문현에게는 저게 당연한 모습일지도 모른다.

그리고 그 젊은 혈기는 때로,

"그나저나 누님, 묻고 싶은 게 있었습니다. 꽤 오래전부터요."

"뭔데? 후후. 천하의 문아가 궁금한 게 뭘까?"

"신의의 옆에서 가장 오래 있으셨지요?"

"가장 오래라기에는 무리지. 그래도 짧지만은 않았어."

"그거면 됐습니다."

물어보고 싶은 게 많아지는 법이다.

그래서인가, 가만히 제갈소화를 직시하던 제갈문현이 한 박자 쉬고서는 숨을 작게 내뱉는다.

그러곤 묻는다. 젊기에 체면이고 그 무엇이고 없이, 아주 직설적으로!

"신의와 저. 둘 중에 누가 낫습니까?"

"……."

이렇게 치고 들어올 줄이야!

제갈소화로서는 당장 아무런 말도 하지 못했다. 두 눈망울이 크게 뜨여졌었을 뿐이다.

평소 비교라는 걸 모르고 사는 그녀로서는 이 둘을 동일 선상에 놓고 비교를 해 본 적도 없었다.

하지만, 떠올리는 건 그리 어렵지 않았다.

"……신의님이 뛰어나."

이번에는 제갈문현의 차례였다.

단호하기만 한 그녀의 대답에 제갈문현도 눈이 크게 뜨여진다.

"그렇게 단언하실 수 있을 정도입니까?"

"응. 그나마 네가 이길 수 있는 건 진과 학식 정도? 거기에 가능성이 있어."

"하…… 조금 자존심이 상하는걸요?"

자존심이 상한다라.

말은 그리하면서도 흥미가 잔뜩 서린 눈빛이다. 여느 여인들이 보았다면 또 한 번 마음이 흔들릴 정도.

"그래도 어쩔 수 없어. 옆에서 지켜보았는걸."

확실히 확인을 하고 싶음인가. 잠시 침묵하며 가늠을 한다. 그러곤.

"조금은 더 불타올라야 할지도 모르겠습니다."

"후후. 얼마든지."

전의를 불태우듯 자신을 불태운다.

호북성을 오래전부터 흔들어 발호한 난세가 숨어 있는 잠룡들을 꿈틀거리게 하고 있었다.

第七章
얽히고 얽혀짐

　‘하나만으로는 안 돼.’

　제갈문현의 도움을 받았다 해서 거기에만 만족하고 있을
제갈소화가 아니다.

　하나를 가지고 모든 것을 해결한다고 하기엔, 세상사가
쉽지 않음을 안다. 지금의 상황이 결코 작지 않은 것을 더
잘 알고 있고.

　그걸 알고 있는 그녀이기에,

　"이 정도면 되려나."

　정성스럽게 서찰을 작성하여 본다.

　새하얀 종이 위에 빼곡하게 쓰인 글자들. 사랑하는 낭군

에게 보내는 서찰도 이리 빼곡하니 쓰이지는 않을 게다.

하기는 그녀의 서찰이 도달할 곳은 그녀의 낭군이 될 수도 있는 자가 머무르는 곳.

'의명 의방……'

바로 의방이지 않은가.

모든 것을 자신의 힘만으로 해결할 수 없다면, 외부의 도움을 받을 줄을 아는 그녀.

그녀가 곱디곱게 서찰을 접어 훈련을 잘 받아 조심스레 옆에 머무르고 있는 전서구의 함에 넣는다.

"제발 잘되기를……."

그녀의 바람을 담아 서찰이 의명 의방을 향해서 날기 시작한다.

*　　　*　　　*

바람을 담은 자는 또 다른 여인도 마찬가지였다.

구궁심처라 일컬어지는 황궁.

그 안에 머무르는 여인 중에서 제갈소화와 비슷한 바람을 가진 여인이 있다면 누구겠는가.

황녀다. 주아민.

오랜 시간 운현과 인연을 두었으며, 근래에 들어서는 악화가 되어 가는 황후의 곁을 지키고만 있던 그녀.

그녀가 오랜만에 황후의 곁을 떠나 자신의 궁에 돌아왔다.

"잠시 다녀오겠사옵니다."

"……."

"휴우……."

대답도 하지 못하는 황후를 두고 안타까운 마음을 안은 채로 들어 궁에 들어와서일까.

그녀를 따르고 있는 영철이 조심스레 나눌 정보가 있다 해서 오기는 했지만 그녀의 표정은 펴질 줄을 몰랐다.

그렇다 해도 영철에게는 맡긴 일이 따로 있는 바다.

다른 이들이라면 또 모를까. 영철이다. 그의 요청은 들을 수밖에 없었다.

"이번만큼은 다를 수도 있겠구나?"

"그가 더욱 강해진 것은 확실합니다. 약소전에서도 치료치 못한 걸 치료했다고 하였으니……."

"약소전이라……."

무당에 몇 번 들렀던 바인 그녀다. 약소전이 어딘지 모르랴.

무당에서는 제일가는 의원들이 있는 곳이 바로 그곳이다. 그곳에서도 치료치 못한 걸 치료하였으니,

'전보다는 확실히 다르겠구나.'

어느 식으로든 전보다 의술이 올라갔음은 물론이다.

하지만 걸리는 바는 분명히 있으니.

"그가 과연 의선문이나 황의들보다 낫겠느냐?"

"그것은……."

바로 그의 실력을 장담할 수는 없다는 게 이유다.

그녀도 조금은 지쳐서 그럴지도 몰랐다.

지푸라기라도 잡는 심정으로 황후의 쾌차를 기원하는 기도를 올리기도 하는 그녀다.

영험하다는 곳을 자주도 다녀 황제가 옆에 끼고 있으려 외출을 금했던 적도 있을 정도다.

어디 그뿐이랴.

황실의 일원이라는 점을 이용하여 온갖 영약을 받아 내기도 했다. 혹여 황후에게 효험이 있을까 싶어 했던 바다.

황궁에 있는 황의들의 조언을 들어 그 영험한 영약들을 동원하여 황후에게 가져다 바쳤지만.

"차도가 없지 않은가?"

"그래도 이 기운으로 말미암아 이어 나가실 수 있습니다. 그러시다 보면 언젠가는……."

"휴우……."

차도가 나아지지는 않았다.

되려 안 좋아진 적도 있을 정도였다.

그나마도 계속해서 하는 이유는 차도가 나아지지 않더라도, 당장 약의 기운을 빌어 황후의 목숨을 연명케 할 수 있어서다.

그런 이유로 무인이 보았더라면 혈겁을 일으켜도 몇 번을 일으킬 영약들이 황후의 몸에 들어갔다.

그렇게 해서 어찌어찌 연명을 해 왔지만 여전했다. 아니 점점 더 악화되고 있는 게 보일 정도다.

황궁의 사람들이나, 그녀가 불러들였던 이들이 애써 노력을 하고는 있지만 여전했다.

그런데 이 상황에서 운현 하나가 온다고 해서 과연 극적으로 모든 게 변할 수 있을까. 그걸 장담할 수 있을까.

'알 수가 없구나.'

희망을 가지고, 그것에 기대어 모든 걸 걸어 보기에는 희망에게 너무 많은 고문을 당해 버렸다.

아이같이 굴면서 어설픈 것들에 매달리기에는 아직까지도 효험이 없다.

그러니 그녀로서도 섣불리 전처럼 운현을 부르지 못하는 것일지도 몰랐다. 애써 희망을 담아 보았다가 그 희망마저 배신당하면 그때는 돌이킬 수 없을지 모르니까.

"휴우. 어찌해야 할는지······."

"저라도 가 보아도 괜찮겠사옵니까."

"네가 가서 어찌하려 하느냐?"

전이라면 모를까.

그를 아무 이유 없이 어찌했다가는 호북의 민심이 이반될지도 몰랐다. 그럼에도 영철의 표정은 바뀌지 않았다.

그는 응당 그래야만 한다는 태도를 보이고 있었다.

"황녀 전하께 피해가 가지는 않을 것입니다."

"어불성설이다. 신의는 그리 어수룩한 자는 아니야. 자네가 잘 알지 않는가?"

"해 보아야겠지요."

"흐음……."

이제 와서 아니라 해 보아야 그는 다른 방식으로라도 움직이겠지.

오로지 황궁을 위해서라는 명목으로는 초개같이 목숨도 버릴 자가 영철 같은 자다.

어려서부터 그리 훈련받은 삶을 살았다.

어려서는 그것을 당연하다 여겼지만, 지금 순간만큼은 그의 결심이 무겁게만 느껴지는 황녀였다.

'차라리 내 손으로 움직이게 하는 게 낫겠지.'

조금은 지쳤지만, 나서야 될 때가 왔을는지도 모른다.

자신이 이곳저곳을 오가는 것을 염려하던 황제도 이제는 되려 황후의 거처에만 머무르는 자신을 염려하고 있었다.

황녀 자신이 나이답지 않게 너무 일찍 철이 들어 버린 걸지도 모른다. 아니면 업보라고 생각해서 그럴지도 모르지.

어느 쪽이든 아비인 황제로서는 염려가 되는 상황이었다.

아들들이야 장성을 하고 있다고 하더라도, 딸아이나 부인이 저러하니 어찌 속이 편하랴.

게다가 호북을 넘어 중원 전역으로 여러 일이 횡횡하고 있으니, 평온하기보다는 난세인 지금이다.

황제로서도 특단의 조치를 취하려고 하고 있는바.

'이 상황에서 움직이는 게, 폐하의 성정을 거스르는 걸 수도 있으나…….'

황녀는 지금 당장이 움직여야 하는 때라는 걸 직감했다.

한곳에만 머물러 있어 봐야 상황이 좋아질 수만은 없다는 걸 잘 알고 있으니까.

황제와 같이 자신이 이곳저곳 움직이는 것을 염려하던 영철이, 되려 이런 식으로 재촉하는 걸 보면 때가 왔을는지도 모른다.

그러니,

"채비를 하거라. 폐하께는 내 말씀을 드려 볼 터이니."

"직접 움직이시는 겁니까."

"그래."

"속히 준비를 하도록 하겠습니다."

그녀가 오랜만에 칩거를 깨보려 하고 있었다.

언제고 슬픔을 주던 희망이라는 것. 헛되다 할 수 있는 희망이라는 걸 다시 쥐어보려 하는 게다.

신의라는 이름의 희망으로.

과연 그녀의 그 바람이 제대로 먹힐는지는 두고 보아야만 할 일이었다.

*　　*　　*

오로지 한 사람을 위한 연무장. 주변 풍경을 다 가린 벽 안에 연무장이 자리하고 있다.

의명 의방에서도 몇 없는 개인만을 위한 연무장이며, 오지 한 사람만을 위한 공간. 바로 운현만을 위한 그만의 수련장이다.

그 수련장에 그가 아닌, 다른 자도 함께하고 있었다.

둘 모두 진지하기 그지없었으며,

"다시 시작하지요."

"후우. 그럼 해 보겠습니다."

그 분위기와 맞물리는 강한 기파를 내뿜어내고 있었다.

진지한 얼굴로 팔을 휘두른다.

격이 결코 낮지만은 않은지 후웅―하고 부는 풍압이 예사

롭지 않았다.

"후읍!"

"거기! 거기서 멈추세요."

갑작스레 들려오는 목소리.

그 목소리에 무리를 해서라도 당장 휘두르던 권격을 멈추어 세운다.

중간에 멈추어 세우는 게 무리였던 것일까.

"훗!"

자신도 모르게 신음을 내뱉는다.

삼권호다.

일타에서 상대를 가늠하고, 이타에서 틈을 만들어, 삼타에서 끝을 본다 해서 삼권호다.

사연이 있는지 자신의 이름으로 불리기보다는 삼권호라는 별호로 불리기를 즐겨하는 자다.

아니, 아예 이름 자체를 말하는 걸 꺼려하니 즐기는 정도를 넘어설지도 몰랐다.

매사 책임감이 있어 아이들을 자신의 정식 제자라도 되는 듯 가르치는 데 여념이 없는 자기도 했다.

그런 삼권호가 저리 땀을 흘리고 있을 줄이야.

다른 이들이 본다고 한다면 대번에 깜짝 놀랄지도 모른다. 하루에도 표정 변화가 거의 없는 자가 삼권호기 때문이다.

그의 표정이 변화할 때야, 한 가지일 때뿐이다.

자신이 맡아 키우고 있는 아이들이 잘 성장해 줄 때나 한 두어 번 흐뭇한 표정을 지을 정도랄까.

그런데 지금은 다채로웠다.

지침, 짜증, 힘듦. 온갖 부정적인 감정을 다 보여 주고 있었다.

그답지 않은 모습이다.

삼권호의 바로 앞에 자리하고 있는 운현 덕분이겠지.

삼권호에게 온갖 힘듦을 주고서는 그 자신은 평온한 얼굴로 진지하게 마주 서 있었을 뿐이다.

하지만 누가 알랴.

운현은 운현 나름으로 바삐 기운을 움직이고 있었다. 동시에 삼권호의 방식으로부터 배우는 바가 있었다.

'분명 일권에 길을 연다.'

삼권호가 날리는 일권.

팔의 일혈을 중심으로 타고 올라온 삼권호의 권격에는 주변에 있는 자연지기를 흔드는 기운이 실려 있었다.

동시에 흔들린 자연진기를 자신이 익힌 무공의 성격에 맞춰 흔들어 버린다.

'삼결지의권이라 했지.'

삼결지의권(三結支意拳).

지금의 삼권호의 이름이 있게 해 준 무공이다. 그의 성명 절기기도 했다.

본래는 삼결지의권이 아니라 삼결지의장이라 했는데, 지금에 이르러서는 무공의 일부가 소실이 되었다 한다.

삼권호가 무공을 처음 익힐 당시 장에 대해서는 이름만을 들었을 뿐이라던가.

처음 배울 당시에는 오로지 삼결지의권으로만 알고 배웠다고 한다.

후에야 일부가 손실된 무공이라는 걸 알게 되었을 때는 꽤 허무함을 느꼈다고 하는데, 상상이 되는 바다.

'권장법을 완전히 포함한 무공이었더라면 능히 일류 이상의 무공이 되었겠지.'

현재 삼권호의 무공 경지는 일류, 깨달음만 얻어 준다면 곧 절정이 될 수 있을 탄탄한 일류에 속해 있다.

일부를 소실한 삼결지의권은?

무공의 고하를 격으로 나누는 것이 우습기는 하나, 이류의 무공이다.

권법이 단순히 주먹질을 하고, 퇴법 몇을 더해서 사용한다고 해서 완성된 권법이 아닌 게다.

상승의 무공이 되면 될수록 권법에 포함된 장법도 중요히 여겨진다. 괜히 소림의 백보신권이 최고의 권법 중 하나가 아닌 것이다.

그런데 그중 핵심이라 할 수 있는 장법을 날리는 바가 소실이 되었다니 어쩌겠는가.

이류만 해도 잘 쳐준 거다.

'장법으로 말미암아, 기운을 싣는 법을 조금만 더 쉬이 펼칠 수 있었어도……'

어쩌면 삼권호는 삼결지의권이 아닌 완성된 삼결지의장을 가지고 있더라면 여기 있지 않았을지도 모른다.

완벽에 가까운 무공으로 말미암아 지금의 경지를 한 단계 정도는 뛰어넘었을지도 모르니까.

이류의 무공을 가지고 일류에 이르기까지 탄탄하게 경지를 끌어 올렸다는 건 그런 의미가 있다.

피 끓는 노력, 거기에 노력을 또 더해서 여기까지 왔을 그이니 그 정도의 평가는 결코 과장이 아니다.

지금만 봐도 그의 그동안의 노력이 훤히 보이지 않는가.

"후우…… 후."

잔뜩 힘든 기색을 보이지만 운현이 주문한 대로 중간에 무공을 멈출 줄을 안다.

삼결지의권을 오로지 자신의 것으로 한 증거다.

삼결지의권의 권격을 자신의 것으로 했기에, 중간에 멈출 수도 있는 거다.

만약 자신의 무공을 제대로 자신의 것으로 소화하지 못한 자가 무공을 중간에 멈추게 된다면?

억지로 그리하게 된다면?

그 뒤는 뻔하지 않은가.

내상을 입는다.

그게 십 년의 수련을 해서 십의 무공을 가진다 해도, 실전에서는 단 일도 제대로 펼치지 못하는 이유다.

제대로 통제하지 못하는 무공을 실전에서 펼쳤다가는 자신의 무공에 내상을 입을 수 있게 된다.

그것으로 경지의 고하가 나뉘듯이 삼권호도 자신의 무공을 제대로 익히고 있으니 내상을 입지 않는 게다.

다만 평소 하지 않던 방식으로 무공을 펼치고 있으니 그가 지치는 것도 당연했다.

당장에 버티고 서 있는 게 용할 정도다.

"이제 된 것입니까?"

"아닙니다."

"흐. 그럼 언제 끝이 나는 것입니까?"

운현이 계속해서 삼권호의 기운을 읽으며 침묵을 지키고 있자 물어 온 게다.

어서 이 훈련이 끝이 났으면 했겠지.

하지만 운현으로서는 지금 당장 이 상황을 끝낼 생각이

없었다. 그로서는 지금이 매우 흥미로웠다.

해서 삼권호의 물음에도 아주 잔인한 답을 내줄 수밖에 없을지도 몰랐다.

"이권, 그리고 이어서 삼권까지 끝을 봐야지요."

"아······."

지독한!

순간 삼권호의 머리에 스쳐 지나간 생각이었다.

일권을 펼쳤다가, 원하는 때에 급하게 멈추기가 벌써 몇 차례던가!

그나마 의방에서는 무공의 경지가 높은 편인 자신이니 지금껏 버텼지, 아이들이 이랬다가는 당장 쓰러졌을지도 모른다.

그런데도 또라니!

그 힘듦에 삼권호의 이성이 잠시 뚝하고 끊어져서 물었다.

"이걸 하게 되면 진정 무공이 더 강해질 수 있는 겁니까?"

"전에 말씀드렸듯이, 온전히 약속은 못 드립니다."

"그렇다면 차라리 저는 제 방식의 수련이나 지속하는 것이 좋지 않겠습니까?"

"아닙니다. 가능성은 충분하니까요."

그를 여기로 끌고 온 것은 운현이다.

완성된 무공을 잃어 미완성에 가까운 삼결지의권을 복원,

혹은 그 이상으로 만들어 주겠다 꼬셔서 온 게 운현인 것이
다.

분명 훈련을 하기 전에도 무공을 더 강해지게 해 줄 확률
이 높다고는 했지만 확신을 주지는 않았다.

거짓말을 못하는 운현답게, 무공이 더 강해질 가능성이
있다고 말했을 뿐이다.

처음 이 짓을 시작할 때와 같은 답이지만 이성을 잃어서인
가. 똑같은 대답임에도 괜히 운현이 밉상으로 보이는 삼권호
였다.

그 기색을 읽은 운현이 당근을 제시한다.

"혹여나 효과가 없다면, 제가 내공이라도 끌어올려 드릴
겁니다. 이건 확실히 약조드릴 수 있지요."

"후우…… 약이로군요?"

"영약이죠. 그것도 제가 직접 강화한 영약입니다."

젠장. 영약이라니.

운현의 영약이 뛰어남은 등산현을 넘어 호북에 소문이 자
자하다.

거기에 직접 강화까지 했다니!

그런 영약은 없어서 못 먹는 영약이다. 이래서야 빼도 박
도 못하고 그의 말을 들어야 할 참이 아닌가.

"……그 말 꼭 기억하겠습니다."

"후후. 네. 그러니 바로 이식으로 넘어가지요. 삼식까지는 나와야 기본이 되지 않겠습니까."

"후읍……."

삼식.

평소라면 천 번의 삼식을 펼쳐내도 힘들다 안 했을 테지만, 지금 이 순간만큼은 그 삼식이 왜 이리도 멀어 보일까.

기를 끌어모으고서는,

"하아앗!"

일식, 그리고 그 뒤를 이어 이식을 펼쳐내려는 순간,

"그만!"

"쿳……."

기다렸다는 듯 운현의 목소리가 돌려온다.

고통. 그 안의 또 고통.

계속해서 이어지는 고통의 안에서 삼권호의 힘듦만이 열심히 축적되어 가고 있었다.

第八章
새로운 무식(武識)?

그 후로 열흘이나 이어졌을까.

운현이 매일같이 기운을 북돋아주고, 기운을 이용해 혈을 풀어 주고 있음에도 결국 삼권호가 무너졌다.

내상을 입어 쓰러졌다는 게 아니라, 드러누웠다는 소리다.

"후아. 더는 때려 죽여도 못 합니다!"

"몇 번만 더 하시면 됩니다. 거의 왔습니다."

분명 더 할 수 있는데 의지가 꺾였달까.

"하…… 뭔가에 집중하시면 칼이 들어와도 하시는 건 알 았지만 왜 하필 접니까."

"삼권호 님 정도는 돼야 합니다!"

"······크으."

아예 질린 표정을 하고서는 운현을 바라본다.

"대체 왜 저인 겁니까?"

"자신의 무공을 대성에 가깝게 익힌 자여야 위험하지 않기 때문이지요."

운현이 무언가에 빠져들면 열심히인 것은 알았지만, 이 정도로 할 것이라고는 전혀 생각도 못 한 태도다.

아마 이 짓을 일 년, 아니 몇 달간만 더 하라고 하면 아예 의명 의방을 떠날 기세다.

하기는 매일같이 무공을 시전하다가 멈추고, 다시 시전하고를 반복하는 건 꽤나 힘든 일일는지도 모른다.

수련을 하면 성장을 하는 느낌이라도 있지, 이건 아예 무의미한 반복밖에 되지 않는 셈 아닌가.

'고문이 되려나······.'

옛날이던가.

전쟁에서 포로를 잡으면 고문의 일환으로 땅을 파고, 판 땅을 다시 묻도록 시키는 일이 있었다.

땅을 파고 다시 덮는 건 별거 아닌 일 같았지만 어마어마한 효과를 냈다.

지속적인 반복. 그럼에도 아무런 성과가 없는 무의미함.

자신의 일에 성과를 느끼지 못하면 인간의 이성은 돌아버리게 된다.

자신이 한 일에 대해서 무언가 변화라도 있어야 버티는 것이지, 계속해서 무의미한 일로만 에너지를 쏟게 되면 미치는 거다.

작은 보상이라도 뒤따라야 사람이 버틴다.

문제는 삼권호의 입장에서는 그의 입장이 딱 그 꼴이라는 거다.

아무리 운현이 기운을 풀어 주고, 나중에 영약을 보상으로 제시한다고 하면 뭣 하는가.

자신이 익힌 삼결지의권이 삼결지의장으로 발전을 할 수 있다고 하면 뭣 하는가?

그건 당장에는 보이지 않을, 혹은 이뤄지지 않을지도 모를 너무 멀디먼 희망 고문일 따름이다.

당장에는 자기가 땅을 파고, 그 땅을 다시 묻는 무의미한 일로만 보일 수밖에 없었다.

천하의 운현이 시키는 일인데도 그리 느껴질 정도다.

해서 최후의 통첩을 날리는 삼권호다.

"삼 일. 딱 삼 일입니다."

"허어. 삼 일 가지고 무공을 재정립하는 게 되겠습니까?"

"그러지 않으면 저 죽습니다! 너무 무의미하지 않습니까?"

"나중에 무공이 강해지실 수가……."

"당장은 모르겠습니다. 차라리 수련을 해서 절정에 이르는 걸 꿈꾸지, 이건 너무 어렵습니다!"

땡깡 부리는 아저씨 같으니라고!

운현이 지금 하는 일이 잘되어서, 나중에 절정이라도 되면 그 은혜를 어찌 갚으려 저러는 걸까.

하기야 이런 식으로 무공을 강하게 할 수 있다고 하는 자는 운현밖에 없지 않은가.

아무리 운현이 신의로 이름이 드높다지만, 지금 벌이는 일은 기사(奇事)라면 기사다.

무인들의 무공에 대한 고지식함을 생각하면, 삼권호가 지금 보이는 태도도 능히 이해를 할 만했다.

이만큼이나 해 준 것도 운현에 대한 예의가 있어 해 주는 걸지도 몰랐다.

'어쩔 수 없나……'

운현도 무인으로서 그걸 알기에 더 고집을 부리지 못했다.

"좋습니다. 다만, 나중에 잘되면 어쩌려고 그러십니까."

"이 짓은 아무리 잘돼도 또 하기는 힘든 일입니다!"

과연 그럴까.

아직은 성과가 증명이 안 되어서 그렇지, 운현의 방식의 성과만 증명되게 되면?

지금 당장은 질린 표정으로 삼권호를 바라보는 의명 의방의 무인들이지만, 그때부터는 태도가 달라질 거다.

의명총의서를 읽어 달라고 몸부림치는 의원들처럼, 운현에게 달라붙어 매달릴지도 모른다.

제발 자신들의 무공도 분석해 달라고!

자신이 익힌 무공이 목숨이나 다름없다 말하는 무인이지만 결국 중요한 건 경지 아닌가.

운현이 자신들의 무공을 빼다 써먹을 리도 없고, 무공의 심득이 담겨 있는 글귀를 말해 달라 하는 것도 아니다.

단지 보고, 분석하고, 잘못된 점을 고칠 뿐이다.

그럼으로써 발전을 시킨다는 게 운현이 지금 하는 일의 핵심이다!

'그게 뜻대로만 된다면……'

과연 삼권호가 지금 같은 태도를 보일 수 있을까?

자기 좋자고만 하는 일은 아닌데, 괜히 그가 괘씸해져 가는 운현이다.

"또 해 달라고 하면 그때는 안 해 줄지도 모릅니다?"

"설마요! 제가 그러면 성을 갈도록 하겠습니다. 삼권호가 아니라, 섬권호 하지요 뭐!"

"삼권호가 이름도 아니잖습니까?"

"그거나, 그거나요!"

삼권호와 운현.

왠지 그 둘을 보면서 고 표두와 운현이 떠오르는 건까?

단지 반대되는 게 있다면 그때는 고 표두가 운현을 괴롭혔고, 이번에는 운현이 삼권호를 괴롭히는 정도?

"뭐, 그때 가서 두고 보지요!"

"흥입니다! 계집애같이 그러지는 않을 겁니다."

"계집애 같다뇨? 그 말 하연화 소저에게 잘 전해 주지요. 아니면 제갈 소저도 있고요."

"으으……."

여타 의방이나 조직과는 다르게 의명 의방은 여자들의 손길이 잔뜩 머금어져 있는 곳인 터.

하연화와 제갈소화를 꺼내고 들자, 잠시 멈칫하는 삼권호다.

하지만 당장 당한 게 있는 덕인가.

"마, 마음대로 하시지요! 저는 딱 삼 일만 하고 말 겁니다!"

"마음대로요. 그런데 목소리는 왜 떠십니까!?"

"흐으…… 모릅니다!"

대답을 하자마자 자세를 취하기 시작하는 삼권호다.

"하아앗!"

그러곤 다시 일식을 사용한다. 다시 이어지는 건 이식!

지난 시간의 일이 허무하게 끝난 것만은 아닌지 또다시 이어져 삼식이 나온다.

그리고 바로 그 순간!

"그만!"

"크으……."

운현의 그만이라는 신호가 터져 나온다.

그대로 멈춰 서는 삼권호. 이제는 아예 반사적으로 무공을 멈추는 데 도가 텄을 정도다.

"제발! 삼식 끝까지 좀 펼쳐 보면 안 되겠습니까?"

"나중에요."

"……젠장."

삼권호의 애달픔과 운현의 단호함 속에서 일은 계속해서 진행이 되고 있었다.

*   *   *

하루.

"으아아아!"

이틀.

"제엔장! 하루! 하루면 끝입니다!"

삼 일.

"전 이제 그만입니다! 차라리 때려 죽이십쇼."

아예 그가 주저앉았다.

땡깡도 필 줄 아는 삼권호라니.

그답지 않게 표정이 참으로 다채로워졌다. 지난 시간 동안 그가 성과로 얻은 게 있다면 바로 저 표정이란 것이리라.

바깥에서 무인으로 떠돌면서 잃었던 표정을 이번에 다 찾은 느낌이다.

'다른 사람들이 보면 꽤 놀라겠지.'

그동안 그가 쌓아 놓은 인상이 대번에 변할는지도 모른다. 여기에 운현과 그 둘만 있어서 다행이다.

밖에서는 삼권호가 알아서 인상을 관리해서 다행이기도 했다.

그리 하지 않았더라면, 운현이 하는 지금의 일에 대해서 꽤 나쁜 소문이 돌았을지도 모른다.

'이미 아이들 맡은 교관끼리는 조금 소문이 난 거 같기는 하지만……'

알음알음 소문이 퍼지는 것까지는 어쩔 수 없겠지.

어쨌거나 삼 일을 딱 하자마자, 삼권호는 그대로 퍼져 버렸다.

아마 이제는 운현이 때려죽인다고 해도 절대로 하지 않을 거다. 아니 때려죽이려 하면 되려 이번에 화풀이를 하자고

달려들지도?

대련을 핑계로 지금껏 쌓인 억하심정을 풀어버리려고 할지도 몰랐다.

아무리 운현이라도 그가 달려든다고 해서 때려죽이지는 않을 테니까.

그러니 운현이라고 해서 해 줄 수 있는 말은 달랑 하나밖에 없다.

"고생하셨습니다. 당분간은 저도 따로 분석을 좀 할 겁니다."

"헹. 당분간이 아니라, 영영 안 할 겁니다."

"그거야 지켜볼 일이지요."

"설마요!"

"가만······."

운현이 이제 더 그를 시킬 기색이 보이지 않자, 그가 슬그머니 몸을 일으켰다.

눈치로 보아하니 이제 이만큼이면 다 됐다 여긴 거다.

과연 그의 생각대로 운현이 완전히 끝났다고 생각할지는 모르겠다.

어쨌거나 운현이라고 해서 그가 고생한 걸 전혀 모르는 건 아니다. 그는 분명 잘해 줬다.

'그나마 삼권호나 되니까 여기까지 버텨준 거지.'

그러니 보상을 해 줘야 했다.

그가 너무 무의미하다고만 생각을 하게끔 만들어서야, 나중에 성과가 나도 정말 나서지 않을지도 모른다.

해서 운현은 품에서 오늘 아침에 미리 준비해 놓았던 함을 꺼내었다.

"그건 뭡니까? 설마 저 주시는 겁니까?"

조용하기만 하던 인상.

그 누구보다도 과묵해 보이고, 무거워 보이기만 하던 삼권호의 인상이 꽤 가벼워졌다고 생각하며 운현이 작게 고개를 끄덕였다.

"호오……."

삼권호가 그제야 흥미 어린 눈빛을 보낸다.

자기 성정을 잘 숨길 줄 아는 그가 이렇게까지 변하다니.

고문에 가까운 수련이라는 것이 사람을 변하게 하는 데에 확실히 영향을 끼친다고 볼 수 있을 장면이었다.

'사파나, 정파 고수들이 면벽수련만 하다가 성격이 괴팍해지는 이유가 이거였나…….'

지독한 수련, 무엄청난 고난이 있는 훈련.

이러한 것들이 무인들의 성격을 더 괴팍하게 만드는 건 아닐까 하는 이론을 삼권호를 보면서 세워 보는 운현이었다.

어쨌거나,

"감사합니다. 이건 잘 받아 들겠습니다."

"아무렴요."

그동안의 완전한 보상은 안 되더라도, 운현이 건넨 함에 기분이 조금은 풀어져 보이는 삼권호였다.

"무공을 제대로 강화 못 하신다면, 두 번은 없습니다?"

그래도 말은 확실히 했다. 확실히 이 짓을 또 하지는 못하겠나 보다.

그런 삼권호를 상대로 운현은,

"그때 가서는 제가 해 달라고 매달리셔도 안 시킬 겁니다."

"헹. 아무렴요."

완전히 못을 박았다.

이 뒷일은 두고 보아야 하겠지!

*   *   *

세상만사 이유가 있다.

삼권호라 불리는 데조차도 실상 이유가 있는 게다.

'일타에서 삼타.'

단 세 번의 내지름이지만 그 내지름에는 삼권호의 인생이 녹아 있다.

그가 갈고 닦은 모든 것들이 그 안에 담겨 있다. 휘두름

한 번이라 넘기기에는 그 무게가 결코 가볍지 않다.

그 안에 담긴 것이 모든 걸 말한다.

다른 이의 무공에 담긴 무게보다 무겁다면 이기는 것. 가볍다면 지는 것일 뿐이다.

그게 무인의 삶이다.

너무 단순하지 않은가.

하지만 이 단순한 이야기가 이뤄지기까지 결코 짧지만은 않은 시간이 걸린다.

평생을 갈고 닦아도 끝을 알 수 없는 것.

그게 무인의 무공이다.

무인이 자신의 무공에 무게를 담는다는 건 결국 무인의 평생을 담는다는 것이었다.

그것을 어쩌면 운현은 너무도 다른 방식으로 접근하고 있었다.

읽고, 분석하고 헤집으려 하고 있었다.

지필묵을 준비하여, 앉아서 무공을 읽으려 하는 것.

지금 그의 모습은 운현이 아주 어렸을 적, 기에 관해서 접근하던 그 모습과 딱 똑같은 모습이었다.

"흐음……."

오래전 그러했듯 머릿속으로 그려본다.

전에는 고 표두로부터 기에 관해 물음을 얻어 답을 얻었더라면, 이제는 삼권호로부터다.

수십, 수백 번을 본 듯한 그의 일식이 가장 먼저 머리에 떠오른다.

보통 사람이라면 부웅— 하는 소리와 함께 그의 주먹이 팔 끝으로 뻗은 것만 신경 쓸는지도 모르지만, 운현은 달랐다.

'영도혈이 시작이었지.'

중원 대부분의 무공이 단전에서 시작된다는 걸 부정할 생각은 없는 그다.

하지만 그게 중요한 게 아니었다.

삼권호만 놓고 보자면 바로 팔 끝과 손목 사이에 있는 영도혈이 굉장히 중요했다.

처음에는 착각을 했다.

팔목과 좀 더 가까운 통리혈에 기운이 머무르는가 했었다.

해서 몇 번이고 삼권호에게 반복을 시킨 거다. 맞는지 확인하기 위해서다.

그래서 수백 번 내지르고 나서야 얻은 결론은 영도혈이 시작이라는 거였다.

삼권호가 "하앗!"하고 호흡을 내뱉으며 날리는 일권의 중심은 영도혈이었다. 거기에 기운이 맺혔다.

그리고 그 기운으로 말미암아, 주변 자연진기가 변했다.

'삼결지의권의 기운.'

그가 익힌 기운이 그의 팔을 중심으로 자연진기를 변화시켰다.

변화?

주변의 자연진기를 휘돌게 하며, 삼결지의권에 가까운 기운으로 만드는 게 변화였다.

사실 이러한 변화는 어떤 무공이라도 다 있었다.

기운을 자신의 것으로 변환시키고, 그 기운으로 말미암아 일개 한 사람이 가질 수 없는 강한 파괴력을 내는 것.

그건 모든 무인들이 알든 모르든 하는 방식이었다.

대부분의 무인들은 주변 자연진기를 조금이라도 변환시키며 자신의 것으로 하여 극강의 힘을 낸다.

괜히 보통 사람이 볼 때 초인이 아닌 것이다.

그래서 경지가 높으면 높을수록 기에 대한 이해도가 높으며, 자신만의 영역권이 넓다.

흔히 절정 고수가 되면 검기를 쓴다는 것을 절정의 증거로 삼지만, 그거야 눈으로 볼 수 있어 그걸 증거로 삼을 뿐이다.

실제로는 기를 깨닫고, 기의 운용으로 말미암아 주변 자연진기를 자신의 것으로 변환하는 게 중요했다.

그리고 그 변환한 기를 눈에 보이게 구현시킨 게 결국은.

'검사는 검기.'

도를 쓰는 자는 도기, 권기 같은 것들로 나뉠 뿐이다.

그리고 그것이 극으로 가서 더 높은 경지에 이르게 되면 검사는 검강을 만들 수 있게 된다.

자신의 단전에 있는 기운만으로 그런 짓을 한다고?

'그리 되면 얼마 버티지도 못하지.'

오로지 자신만의 기를 쓰게 되면 검강을 몇 분이나 유지할 수 있을까.

선천진기를 이 갑자에 가깝게 축적해 버린 운현이야 꽤 버틸지도 모른다.

하지만 다른 이는?

잘해야 몇 분이다.

몇 분도 대단한 거다. 모든 걸 절삭할 수 있는 검강을 쓰는데 몇 분이면 뭐든 베고도 남을 거다.

'혹시 모르지.'

운현처럼 영약을 먹고 많은 기를 쌓은 자는 더 버티는지도.

그래 봐야 한계는 있다.

그래서 주변에 있는 자연진기를 깨닫고 끌어 쓸 수 있어야 했다.

기에 관한 이해를 통해서 자연진기를 끌어 써야만, 검강을 시전하고도 몇 시진을 버틸 수 있는 거다.

모든 강기를 쓰는 자들이 내공을 수십 갑자씩 쌓은 게 아님에도 검강을 써댈 수 있는 건 이 깨달음 덕이다.

결국 자연진기를 사용할 수 있기에 그런 괴물 같은 짓도 할 수 있다 이 말이다.

다만 삼권호는 운현과는 또 달랐다.

"차이는 있었어……."

그는 분명 운현보다 경지는 낮았지만, 그렇다 해서 운현이 배울 점이 없었던 건 아니다.

일권에 영도혈에 기를 모아서, 자연진기를 자신의 것으로 한다.

이어서 날리는 이권에 영도혈에 있던 기가 통리현을 지나 음극현에 쏘아진다.

팔에서 손목으로 확실히 기가 타고 올라가게 되는 거다.

그럼 주변의 자연진기가 마치 삼권호가 권을 날리는 것처럼 확하고 끌어올려지게 된다.

삼권호의 이권이 날아드는 주먹의 끝에 자연진기가 함께 쏘아지게 되는 거다.

여기에 다시 세 번째 날리는 권격!

이 권격이 핵심이었다.

쏘아진 자연진기, 자신의 기가 날아간 두 번의 권으로 완전하게 뭉쳐져 있을 때!

마지막 삼권이 갈겨진다.

그러곤 손끝의 소충혈에 있던 삼권호의 기!

일격, 이격, 삼격의 세 번의 권격을 날리는 동안 잔뜩 끌어올려져 있던 기가 폭발한다.

주변의 자연진기와 함께!

거기서 강한 파괴력이 나오게 된다.

단순하게 표현하면 쉬웠다.

세 번의 권법을 날리는 동안 안으로는 팔에 기가 모아지고, 바깥으로는 자연진기가 따른다는 게 묘체다.

그 자연진기가 강한 파괴력을 내는 게 다른 무공과 같은 원리고.

하지만 여기서 운현과 다른 게 나왔다.

'집중과 증폭이었지.'

일권, 팔에서 손끝의 혈로 기가 이동할 때마다, 삼권호의 기는 증폭된다.

본래 가진 기보다 더욱 크게 증폭이 되어 버린다. 아주 순식간에!

그래서 그가 삼권호인 것이다.

단 세 번의 내지름.

그 세 번의 내지름 안에 증폭의 원리가 세 번이나 펼쳐진
다.

세 번의 증폭이라 해서 단순히 세 배 강해지는 게 아니었
다. 주변 자연진기로 말미암아 수배의 파괴력을 선사해 준다!

"나랑은 다른 식이지."

도가에서 연원한 무당파의 검법을 익힌 운현 아닌가.

비록 그의 할아버지 되는 자가 검법을 변형했다지만, 어쨌
든 연원은 무당이다.

그리고 그 무당의 검법은 조화를 추구했다.

삼권호처럼 증폭을 하지 않았다.

자연진기를 완전히 자신의 것으로만 변형시키기보다는,
자연스럽게 자연진기에 어울리는 걸 택하는 게 무당의 무공
이었다.

그래서 무공이 패도적이지 않았다.

무당의 성격을 말해 주는 것처럼 부드러웠다.

그렇다 해서 삼권호의 무공보다 떨어지는 건 아니지만, 확
실히 다른 방식으로 무공을 쓴다는 건 꽤 강한 영감을 줬다.

'모로 가든 도로 가든 강해지기만 하면 되는 거니까.'

무당의 무공은 깊이가 있다면, 삼권호의 무공에는 패도가
있었다.

경지가 극에 달한 시점에는 그 깊이로 말미암아 무당의

무공이 더 강해지기는 할 거다.

하지만 당장은?

아이들이 무공을 익히고 있는 동안은?

"삼권호의 무공이 더 쓸 만하겠지."

깊이보다는 패도가 있는 삼권호의 권법이 더 강할 거다.

어디까지나 초반이지만, 분명 그러하다.

정파보다 사파의 무공이 초반에 강한 것도 그런 이유일 거다. 더 패도적이고, 뒤를 생각 않겠지.

하지만 후에 가서 고수가 나오지 못하는 건 깊이가 없어서일 거고.

뭐 어느 쪽이든 상관없다.

사파와 같이 패도적이라 해도, 다른 이에게 피해만 안 주면 될 일 아닌가.

당장에 쓰일 만한 곳이 있다면 설사 사파의 무공이라도 사용할 생각이 있는 운현이다.

'선만 안 넘으면 돼.'

진짜 사파처럼 애꿎은 사람만 상하지 않게 하면 된다.

운현이 이마에 무심코 주름을 그린다. 무언가 깊게 생각할 때에 새로 생긴 그의 버릇이다.

"흐음…… 그러니 이 집중이란 걸 조금만 더 변형시켜 볼까."

집중과 증폭.

하나의 혈에 집중을 하고, 집중된 혈을 지날 때마다 힘이 증폭되는 삼권호의 권법.

그걸 변형시키면 더 강해지지 않을까.

"증폭하는 혈을 늘려볼까. 그도 아니면……."

집중하는 것에 더 힘을 줘 볼까.

어느 쪽이 맞을까. 당장 해 보지 않고서는 결정이 나는 게 없다.

삼결지의권이 삼결지의장이라 불리던 시절에는 어떤 방식으로 구현이 되었을까.

집중을 더 했을까. 아니면 증폭을 더 했을까. 그도 아니면 둘 다?

"분명 처음 만든 방식을 복원부터 해야 할 건데……."

삼결지의권을 만든 사람의 방식을 복원하면, 더 나아갈 수 있을 거다.

그가 만든 본래의 뜻을 깨닫고 그 뒤에 발전을 시키면 분명 강맹하면서도 깊이가 있는 무공이 되겠지.

문제는 운현이 구결을 전혀 알지 못한다는 것.

아무리 그라고 하지만 삼권호의 모든 것이라 할 수 있는 무공의 구결까지는 물을 재간이 없었다.

당장 효과도 보지 못했는데, 구결부터 달라 하면 대번에

격노를 할지도 모른다.

운현이 해코지를 할 자가 아니라고 하더라도 분명히 그러
할 거다.

'구결은 곧 파훼법을 알려 주는 거기도 하니까. 음. 그러
자면 역시 그건 안 되겠고.'

구결에 관한 건 포기.

역시 자신의 방식으로밖에 할 수 없나 생각해 보는 운현
이었다.

그러곤 바로 선택을 했다. 시간을 끌어봐야 좋을 것도 없
으니, 그 선택이 그리 오래 시간을 끌지는 않았다.

"증폭으로 해 보자."

마침 기의 증폭에 관해서는 겪은 바도 있었다.

강시들을 처리할 때 느꼈던 자연진과 그에 맞물려 움직이
던 강시들의 기운은 증폭에 관련해서 최고봉의 기술이었다.

기운과 기운이 맞물려 어마어마하게 증폭되었으니까.

자연지기가 바뀔 정도이지 않았나?

"시작해 볼까."

그러니 그가 선택한 것은 증폭이다.

운현. 그가 더욱 깊은 고뇌를 안고 움직이기 시작했다.

第九章
반쯤 정답

성주는 과연 만만찮았다.

황녀 앞에서 보였던 어수룩한 모습이 다 거짓인 듯 보일 정도였다.

무능하다는 소문과는 전혀 동떨어진 모습으로 나타났다.

하기는 이곳 중원이 넓고 많은 성이 있다지만, 성이 어디 보통의 규모인가. 한때 성 하나가 나라이던 시절도 있을 정도다.

그런 성을 다스리는 자이니 그게 운으로 올라선 자리든, 핏줄로 올라선 자리든 뭐든 간에 무엇 하나 타고난 것은 분명 있겠지.

그래선지 힘들게 그를 알현할 수 있었던 한울이다.

의명 의방의 운현이 보내었다고 하지 않았더라면 만나지 못했을 수도 있을 정도라 말하면 딱 들어맞으려나.

그 때문인지, 한울은 평소답지 않게 술자리까지 따로 가졌을 정도다.

성주가 더 머물다 가라 했음에도 따로 나왔음이니, 아예 학을 뗀 것처럼 보이기도 했다.

"……힘들었습니다."

"하핫. 그리 힘드셨습니까?"

한울이 힘들어하는 모습은 꽤 귀하지 않은가.

그래선지 호위무사를 맡고 있는 안춘이 꽤 큰 웃음을 지으며 물었다.

"만나는 것도 어려웠지만, 이미 파악은 다 한 듯하더군요."

"성주 아닙니까. 저 위 황궁분들보다는 덜해도, 따로 무언가 있으시겠지요."

"예상은 했지만…… 아주 속속들이 알더군요."

"그 정도입니까?"

"꽤 놀랐습니다. 정말로요."

황궁에 귀가 있듯, 성주도 귀가 있었다.

호북에서 계속해서 일이 일어나게 되니 각성이라도 한 걸까. 그 귀가 꽤나 은밀했다.

처음 전염병이 생길 때는 제대로 통제를 하지 못했더라도, 적어도 자기 밑에 있는 관아는 제대로 통제할 줄 아는 듯했다.

이곳 성도까지 오면서 해 온 일들을 너무도 잘 알아서 놀랄 정도였다.

한울의 굳은 얼굴을 보고는 안춘이 묻는다.

"그래도 일 처리는 잘하신 것 아닙니까? 만나는 데 오래 걸렸지 오기는 금세 오셨잖습니까?"

"흐음…… 그게 좀 애매합니다."

"애매요?"

"보류가 돼 버렸습니다. 성주는 무언가 알고 있는 듯한데……."

어떤 이유에서인지 성주는 가부(可否)를 결정하지 않았다.

무엇을 기다리고 있는 듯한데, 그 기다리고 있는 것이 무엇인지는 감히 짐작이 되지 않았다.

설마 하는 느낌이 있기는 하지만 '설마'라는 것만으로 움직이기에는 한울도 바쁜 몸이 아닌가.

'그래도 우선은 인정을 해 주는 듯하니…….'

그나마 다행인 건 그가 성도까지 오면서 벌인 일에 대해서는 가타부타 말이 없었다는 거다.

그가 움직이면서 호북에 의명 의방의 영역을 꽤 넓혔는데
도 말이 없다는 것은 암묵적인 인정일 수도 있었다.

'아니, 인정이어야 한다.'

인정을 받지 못해서야 꽤나 위험한 일이 될 수도 있으니
까.

그 나름대로 의명 의방을 위해서 한 일은 분명하나, 역시
윗사람들의 눈이라는 건 복잡하기만 했다.

어쨌거나.

"이제는 슬슬 돌아갈 때로군요?"

"그럼요. 후, 이 짓도 여러 번은 못 해먹겠습니다."

"하핫. 총관 어른이 그리 말하는 것도 웃깁니다."

"그냥 총관이라 해 주시죠. 총관 어른이라니 팔에 다 소름
이 돋습니다."

이제는 돌아갈 때다.

낙방 학사에서, 의방의 총관직이라는 재밌는 운명을 살아
가고 있는 한울. 그가 다시 등산현을 향해 방향을 틀었다.

　　　　　　*　　　　*　　　　*

운현의 연무장.

약학을 잔뜩 연구하던 그가 근래에는 이 연무장에 출근하

다시피 했다.

덕분에 의방을 관리하는 일에 한울도 빠지고, 운현도 빠지게 되어 의원 우진이 울상이기는 했다.

한울이 말한 바대로 우진이 꽤 일 처리가 매끄러운지라 의방의 부족한 부분은 그가 채우게 한 게다.

때로 운현을 찾는 이들도 있기는 했지만, 대다수 의원들의 실력이 상승하여 의방의 일은 잘만 돌아가 줬다.

아이들?

말할 것도 없지 않은가.

운현이 만든 갈기환을 얻은 기점으로 크게 성장해 나가고 있다.

아이들의 스승을 맡은 무인들끼리는 이대로라면 무가로서도 달리 부족함이 없을 거라고 예상하고 있을 정도다.

그만큼 성장 속도란 게 빨랐다.

운현이 미리 등산현의 다른 중소 문파들을 챙겨 두지 않았더라면, 자신들의 자리를 뺏기는 게 아닌가 위기감이 들 만큼 빠른 속도였다.

"우리도 이 정도 지원만 받았어도 꽤 빠르지 않았겠는가?"

"허헛. 지금에라도 받은 게 어딘가."

덕분에 아이들의 스승들 얼굴에서 미소가 가시지를 않았다.

밥을 먹지 않아도 배부른 느낌이랄까.

삼권호를 필두로 하여 아이들을 가르치는 걸 천직이라 여기고 있는 그들은 현재가 꽤 마음에 들었다.

때로 아이들의 처지가 질투가 날 정도라면 믿어지겠는가.

빠른 성장, 좋은 무공, 최상의 환경.

의원들로 키워지는 아이들도 있는 터인데, 호신을 위해 부공을 익히는 것치고는 그 환경이 너무 좋을 정도였다.

이게 운현 하나로 말미암아 이뤄진 일이니, 자연스레 쏠쏠하게 운현을 존경하는 이들이 늘고 있었다.

헌데 오늘만큼은,

"삼권호. 자네도 표정 좀 풀게나. 아이들이 다 긴장을 하겠네."

"휴우…… 내 그건 아네만."

다들 희희낙락하는 가운데 삼권호만큼은 가슴 한편으로 기뻐만 하고 있을 수가 없었다.

"심법을 돌리는데 아이들이 다 무서워하지 않았나."

"오늘이 바로 그날이지 않은가."

아이들을 좋아하는 삼권호다.

그가 가장 먼저 나서 솔선수범하였기에 다른 스승들도 그와 같이 아이들을 가르치는 데 열심인 구석이 없잖아 있었다.

그런 그가 아이들을 긴장하게 할 정도의 일이라면 뻔하지 않은가.

오늘 오후, 운현에게서 와 달라는 요청이 왔다.

삼권호를 콕 집어서!

그러니 삼권호가 죽을상인 것도 이해는 갔다.

그가 술자리를 가지면서 처음으로 잔뜩 한탄을 한 것을 의방 무인들도 기억하고 있는 것이다.

개중에서는 삼권호의 특이한 모습을 봤다는 말도 있고, 또 개중에는 잔뜩 염려를 하는 자도 있었다.

운현이 시키는 일이 무인에게 있어 좋은 일이기만 한 줄 알았더니, 그게 아니지 않은가.

운현에 대한 존경심과는 별개로 삼권호가 당했다는 그 일(?)은 꽤나 충격적이었다.

반복. 반복 또 반복이라니.

거기에 그리 반복을 하고는 당장 성과는 없다는 소리까지.

운현이라고 하면, 완벽한 모습만 떠올리는 그들이기에 그 충격이 더욱 컸을지도 모른다.

그들에게 있어 운현은 신의고 그들보다 어리다 하더라도 무엇이든 완벽했으니까.

그런 그라면 뿅(?)하고 한 방에 무언가를 만들어 낼 줄 알았다. 그러니 실상 그가 많은 시행착오와 반복 끝에 만들어 낸다는 건 도무지 상상을 못 했을 거다.

그래서 더 충격을 받았을지도 모르고.

어쨌거나 운현의 마수(?)가 자신들에게도 뻗치게 되면 자신들도 삼권호 꼴이 날 거라고 생각이 드는 그들이잖은가.

삼권호가 평소답지 않게 울상을 짓는 모습이 꽤 볼 만하기는 했지만, 위로는 해 줘야 했다.

"설마 그 일을 또 시키실라고."

"맞네. 그 뒤로 먼저는 안 시킨다고 하셨다면서?"

"그래도…… 또 신의님이 시키시면 안 할 수도 없잖은가."

사람은 망각의 동물이라던가.

지금은 그 망각이란 게 꽤 이상하게 작용해서, 그 일로 학을 떼던 삼권호도 걱정이 앞선다.

'또 시키면 어쩌나……'

하는 그런 걱정이 잔뜩이랄까.

주저앉으면서까지 그 짓은 다시는 하지 않는다고 말했지만 막상 시키게 되면 또 해야 할지도 모를 일이다.

사람 좋아 보이는 운현이지만 의방에서는 최고 권력자다.

그때야 미쳐서 반항을 했다지만, 지금에 와서 또 그럴 수 있을까.

혹시 또 모른다.

며칠을 그 짓만 하다 보면 미쳐서 반항을 하게 될지도. 아마도.

"크흠, 그래. 그러시겠지?"

"아무렴! 이쯤 되면 의원님도 포기를 하셨겠지."

"그래. 그러길 빌어야 하지 않겠는가……."

운현이 삼권호를 자신의 마수(?)에서 꺼내어 준 지 꽤나 시일이 흐르지 않았는가.

이제 와서 또 그 짓을 할 거라고는 아무리 운현이라도 무리일 거라는 생각이 얼핏 삼권호의 머리로 스쳐 지나간다.

'하기는 신의님도 체면이 있는데…….'

성과 하나 없이 과연 자신을 또 불렀겠는가.

그때는 미쳐서 아예 강짜를 놔봤는데, 이번에 그럴 확률은 꽤 낮았다.

그렇게 생각하니 문득 걱정이 또 드는 삼권호였다.

"그런데 말이네. 만약에……."

"만약?"

잠시 뜸을 들인다.

사람이라는 게 혹시라는 마음이 있지 않은가. 그 혹시라는 것에 기대어 물어본다.

"의원님이 성공을 하셨으면 어떻게 해야 하는가?"

"커흠…… 그리 되면 뭐……."

"매달려야 하지 않겠는가?"

"그런가……."

"달리 방법은 또 없잖은가?"

"그도 그렇지. 휴우."

누군가는 뜸을 들이고, 또 누군가는 매달려야 한다 말한다.

"……돼도 문제고 안 돼도 문제로군."

삼권호의 말대로다.

이건 돼도 문제고 안 돼도 문제 아닌가. 어느 쪽이든 삼권호로서는 좋을 거라는 생각은 당장 들지 않았다.

'되어 봐야 얼마나 달라졌겠는가…….'

그 일 이후로 시일이 꽤 지났다지만 무공이란 게 어디 하루, 이틀 만에 변할 수 있는 것이던가.

이통표국을 처음 일으켰던 초대 국주만 하더라도, 평생을 들여서 검법 하나를 갈고 닦았을 뿐이다.

다른 무인들도 그랬다. 평생. 어쩌면 그 이상.

꽤나 오랜 시간을 들여서야 다듬어 갈 수 있는 게 무공이란 거다.

이 무공이란 게 아주 괴물 같은 거다. 뼈를 깎아야 하는 고통을 주면서, 동시에 강해진다는 만족감에 떼려야 뗄 수가 없는 마약 같은 괴물.

그게 무공의 정체다.

그러니 아무리 신의더라도 당장에는 무리일 수밖에 없잖겠는가!

자신을 또 불러들여서 한참 괴롭히려는(?) 걸 수도 있었다.

잔뜩 울상을 지은 삼권호였다.

"어쨌든 가봄세. 오늘이 어찌 될는지."

꽤나 큰 거부감, 그리고 약간의 거부감. 알 수 없을 마음.

여러 가지를 품에 안고서 운현이 있을 연무장을 향해서 터벅터벅 발걸음을 옮기는 삼권호였다.

*　　*　　*

"후후. 오셨습니까."

악마의 미소를 마소(魔笑)라 하든가.

연무장 한편에서 그를 기다리고 있던 운현이 미소가 얼핏 마소로 느껴지는 삼권호였다.

'착각이겠지……'

다른 이도 아니고 운현이지 않은가. 신이 내렸다는 신의다.

그가 과연 그러려고. 자신이 느낀 바가 착각이라고 여기면서도 괜스레 꺼림칙함을 느끼며 다가가는 삼권호였다.

"일단 부르셔서 오기는 했습니다만은⋯⋯."

"예. 딱 맞춰오셨습니다."

"그렇습니까아."

꺼리는 기색을 숨기지 않는 것이 삼권호로서는 신의에 대한 최고의 반항일 게다.

그 이상의 반항은 아무리, 운현의 마수에 걸렸었던 그라고 하더라도 무리다.

전에야 되지도 않는 반복을 계속하다 보니 미쳐서 주저앉아 반항을 했을 뿐이다.

나중에서야 신의인 운현을 상대로 땡깡을 부린 거나 다름없다는 생각에 얼마나 후회를 했던가.

또 그러라고 하면 하지 못한다.

속 깊은 운현이 그 속내를 짐작 못 할 리 없을 텐데도 미소는 여전했다. 아니, 더 짙어진 느낌이다.

진정 마소일지도.

그 마소를 유지한 채로 운현이 먼저 물어 온다.

"전에 제가 말씀드린 바가 있었지요?"

"음⋯⋯ 무엇을 말씀이십니까?"

"무공이 더 강해지면, 그때는 아무리 사정사정을 하셔도 안 받아 줄 거라고요."

삼권호는 순간 등골이 오싹해졌다.

'설마……'

설마 하는 생각이 스쳐 지나간다.

아무리 운현이고 신의라고 하더라도 사람이지 않은가. 능력에 한계가 있겠지. 하지만…….

'깨달음을 또 얻어서 새로운 약도 만드셨지 않은가.'

한 사람이 평생에 약 하나 만들기가 힘든 법인데, 운현은 벌써 여럿을 만들었다.

오래전 전염병을 고쳐 낸 것도 그러하고 때로 사람 같지 않은 능력을 보이기도 하는 운현이지 않은가.

그래도 약이랑 무공은 다르다.

그가 아무리 약관의 나이에 절정을 뛰어넘고, 신의라 불리고 약을 만들어 내더라도 무공까지 그럴라고.

'아니, 아닐 거다.'

아닐 거라고 생각한다.

그런데 왜 아닐 거라 생각하면서도 가슴 한편에 불안감이 생긴단 말인가.

'그때…… 주저앉지 말았어야 하는가.'

좀 더 열심히 협조적으로 움직여야 했을까?

그랬더라면 신의가 저런 미소를 짓고 있지는 않았겠지?

그 후로 자신이 가끔 너무했나 하는 생각이 들기도 했던 삼권호기는 했다. 마음이 약해지고 있었다.

'모르겠군. 함정일 수도 있다. 또 마수에 빠져들 수도…….'

삼권호의 표정 변화가 다양했다.

불안감, 기대, 호기심, 다시 불안감. 또 한편으로는 인상을 찡그리기까지.

눈치가 없는 사람도 삼권호의 내심이 복잡한 것은 대번에 알 수 있을 정도다. 바보가 아닌 이상에야 잘 알 게다.

그런 삼권호의 모습을 즐기듯이 바라보는 운현이었다.

그러곤 금세 결론이 나기는 한 듯 삼권호가 잔뜩 긴장한 채로 말을 꺼내었다.

"……기억하고 있습니다."

"아무렴요. 남아일언은."

"……중천금 아닙니까."

말하는데 망설이는 기색이 역력했다. 혹시나 하는 생각이 든 거겠지.

'후후.'

하기야 운현이라고 하더라도 이 일이 이렇게 될 줄은 처음 시작할 때까지만 해도 몰랐다.

무공이란 게 단순한 게 아니지 않은가.

깊이가 있고, 구결이란 게 있으며, 만든 이의 뜻이라는 게 스며들어 있는 것이 무공이다.

'반쪽짜리일 수도 있지.'

어쩌면 그가 이번에 해낸 일은 반쪽일 수도 있다.

그래도 잘못된 사도까지는 아니다. 어쩌면 지름길을 꺼내어 준 것일 수도 있다.

그 정답은 삼결지의권을 이 땅에서 가장 잘 익히고 있는 삼권호가 내주겠지.

'그가 가장 잘 알 테니까.'

삼권호가 나름대로 긴장을 하고 있듯이, 운현도 운현 나름대로 긴장을 하고 있는 상황이다.

삼권호가 속으로 마소라고 지칭하던 미소를 지우고서는, 운현이 진지한 표정을 했다.

그가 준비해 온 것을 해야 할 때가 된 것이다.

"그럼 몇 걸음 물러나 주시겠습니까?"

"예?"

"이미 시험을 해 봤지만, 혹시 모르니까요."

한 걸음. 두 걸음. 세 걸음.

머뭇거리면서도 몇 걸음 물러나보는 삼권호다. 그걸로 부족했나.

"조금만 더요."

"알겠습니다."

결국 다시 세 걸음을 옮겨서야 만족한 듯 고개를 끄덕이는 운현이다.

"잘 보셔야 합니다. 저도 완전하지는 않아서, 열에 서너 번은 실패하곤 하니까요."

"예."

무얼 보여주려 이러는 걸까.

꽤 진지하지 않은가. 혹시 하는 생각이 기대로 변해 가는 것도 무리는 아닐지도 모른다.

'아니지, 아직 몰라.'

그러면서도 눈은 크게 뜬다. 운현이 하는 동작을 하나, 하나 다 기억하려는 모습의 삼권호다.

운현이 자세를 잡는다.

약간은 비스듬히 서서, 상대가 공격할 면을 최대한 줄이는 모습.

꽤 방어적인 모습이긴 하지만 삼결지의권다운 모습이었다.

패도적이긴 해도 정종의 무공인 삼결지의권으로서는 공격보다는 방어를 우선으로 하곤 하니까.

상대를 깔끔하게 처리하는 방식도 사파보다는 정종 무공에 가까워 그러는 게다.

"……대단하군."

운현이 기를 잔뜩 끌어 올린다.

전에 없이 진지한 모습 따위 이제는 아무래도 상관없었다. 그가 끌어올리는 기가 진지함보다 더욱 무거웠다. 또한 매서웠다.

'이게 저 나이에 가질 만한 기인가.'

선천진기를 다룸은 이미 익히 들어 안다. 그래도 너무도 순수한 정기이지 않은가.

거대한 압박감까지 느껴지는 운현의 기운에 저도 모르게 긴장을 해버리는 삼권호였다.

기가 전부는 아니라지만, 저 아득한 깊이는 괜스레 그의 주먹이 쥐어지게 만들어 버린다. 식은땀이 흘러나온다.

그 태도에도 상관없다는 듯 운현은 더욱더 기를 끌어 올렸다.

그러곤.

"하아압!"

일권을 내지른다.

끌어 올린 기에 비해서 빠르지도, 느리지도 않은 속도!

하지만 그가 지나가고 난 뒤에,

퍼어엉—

생각지도 못한 폭음이 들려온다.

허공중에 주먹질을 했을 뿐임에도! 단 한 번의 주먹질임에도!

그가 보여 줄 수 있는 한 최선의 권법을 보여 주는 듯했다.

"어, 어찌······."

그걸 본 삼권호의 눈이 크게 뜨여진다.

第十章
옮겨진다는 것

무공의 자세는 쉽게 따라 할 수 있다.

눈짐작이 있는 이라면 무공의 자세 정도, 똑같이 할 수 있다.

하물며 무인이라면?

몸짓으로 자신의 뜻을 표현한다 해서 무인이고, 무공을 익힌다 말하지 않는가. 따라 하지 못하면 그게 더 이상하다.

쉽게 따라 할 수 있다.

몸짓만 따라 하는 것인데 왜 못 하겠는가.

그래서 무공의 형은 중요하면서도 때로 쉽게 변형이 되곤 한다. 무공을 익힌 무인에 맞춰 아주 조금씩. 조금씩. 변화해 나아가기도 한다.

그게 발전으로 이어지기도 한다. 사람에 맞춰서, 형을 보태고 다듬고 하다 보면 더 나은 형이 만들어지기도 할 때가 있다.

그래도 절대 변하지 않는 게 있다.

변해서는 안 되는 것은 분명히 있다. 쉽게 변하고 쉽게 써서야 그걸 감히 무공이라 하겠는가. 형만 담겨서야 춤사위밖에 안 된다.

꼭 있어야 하는 게 있다.

무공 구결.

변치 않는 구결이 없이는 무공이 되지 않는다.

새로 무공을 창안하는 경우, 대단한 고수가 바꾸는 그런 아주 작은 예외를 제외하고는 모든 무공에 통용되는 이야기다.

그러니 저잣거리에서 살 수 있는 무공이라 할지라도 무공 구결이라는 걸 꼭 담는다.

그게 개소리라 할지라도 일단은 구결이 담겨 있어야 그럴싸한 무공이란 걸 알아서다.

뜨내기라도 낚아서 판매를 하려면, 구결을 담아야만 뜨내기가 무공을 살 수 있다는 걸 아니까 그러는 거다.

무공에 대해서 모르는 자도 구결의 중요성은 알 정도다.

그런데 운현은 그러한 구결도 없이 자신의 무공을 흉내
냈다.

　'구결이 새어 나갔나?'

　그럴 리가!

　자신이 익힌 무공의 구결은 오로지 자신밖에는 모른다.
한 자, 한 자 정성스레 쓰인 비급도 전부 익히고서는 태우지
않았던가.

　후에 자신의 것을 후세에 전하거나, 제자가 생겼을 적에야
다시 비급을 쓸지도 모르겠지만 그 전엔 아니다.

　이 비급이라고 하는 걸 운현이 가졌을 리가 없다. 그런데
어째서.

　"어떻게 똑같은…… 아니 그 이상인 겁니까?"

　"꽤 그럴싸했습니까?"

　"그럴싸 정도가 아니지 않습니까."

　운현은 삼결지의권을 펼쳐 낼 수 있었던 걸까.

　터무니없는 선천진기로 무공을 펼쳐서? 그저 흉내만 내더
라도 절정을 넘었기에 다른 걸까?

　'아니다.'

　아니. 그런 걸 자신이 구별하지 못할 리가 없다.

　그저 흉내만 내어서야 모욕밖에 되지 않는다.

　신의는 적어도 자신을 모욕할 자는 절대로 아니다. 그는

자신을 놀릴 줄은 알아도, 썩어 있는 자는 아니었다.

그렇다고 대뜸 인정을 하기도 쉽지 않다.

자기 자신, 아니 그 이상. 여기서 더 나아가면 흡사 장법이라도 튀어나올 수 있지 않겠는가 싶을 정도의 위력이다.

아니 마음만 먹었더라면 장법도 흉내 낼 수 있었겠지.

전이라면 믿지 못했겠지만, 지금은 운현이라면 왠지 그럴 수도 있겠다 싶었다. 생각이 전에 없이 확 바뀐 느낌이다.

"반쯤은 실패인데요."

"그게 실패란 말입니까?"

"예."

운현의 표정은 단호했다. 진심으로 자신이 실패했다 말하는 태도다.

"다시 보여드리죠."

그러곤 자세를 잡는다. 다시 전과 같은 자세다. 그러곤 기를 일으키고서는.

콰앙!

기파를 내뿜었다. 그 순간 삼권호는 보았다.

"저, 저런……"

장법!

권기를 날리는 것과는 전혀 다른 그 무엇. 권사들로서는 어지간한 수준에 이르지 않고서야 날리기조차 힘든 걸 날려내었다.

그것도 삼결지의권과 거의 유사한 형태로 해낸 게 중요했다!

운현이 아무리 무공으로서도 뛰어나다지만, 무공을 베끼기라도 했다는 말인가?

"후우. 이게 성공입니다."

장법을 날리고서야 성공이라고 한다.

자신으로서는 단 한 번도 날려보지 못한 그것을 날리고서야!

"……미친."

정말 미쳤다고 말밖에는 나오지 않았다.

'미쳤다. 말도 안 된다.'

그 이상의 말은 지금 당장 삼권호의 입술 사이에서 비집어 나올 수가 없었다. 오직 미쳤다는 말만이 허락됐을 뿐이다.

삼권호가 발악하듯 외쳤다.

"어떻게 한 겁니까!?"

운현도 이게 맞는 방식인지는 모른다.

그 나름대로 뜻을 찾아서 해 본 일이지만 정답이란 것에 항상 들어맞는 건 아니지 않은가.

무공이란 것도 한 사람의 인생이 녹아들어 있는 거다. 인생 자체가 정답이라는 걸 찾기 힘들 듯, 무공도 쉬울 리가 없다.

다만 효율성이라는 방안을 찾았을 뿐이다.

'돌고 돌아서 와버렸지.'

우습게도 잊고 있었던 것.

본래 기를 연구할 때까지만 해도 기억하던 초심으로 돌아왔다.

한국의 교육 방식에서 따온 거다.

어린아이를 새벽 네 시까지도 공부를 시켜서 때로 부모가 이혼하기도 하는 나라가 한국 아닌가.

빌어먹을 모습이지만 그게 현실.

하지만 그런 가운데에서도 분명 발전하는 부분은 있긴 하다.

빌어먹게도, 어떻게 하면 공부하는 법의 효율성을 높일 수 있는지에 대한 방안만은 다양해진달까.

운현?

운현도 죽기 전에는 의사였잖은가.

꽤나가 아니라 죽을 정도로 열심히 공부해야 위로 올라갈 수 있는 의대생이었다. 아슬아슬하게 올라간 의대생.

타고난 머리가 그리 좋지는 못해서인지 정말 죽을 각오로 공부를 하고 올라갔다. 아슬아슬하게.

'뭐 결국은 안 했지만⋯⋯.'

어쨌거나 전체적으로는 전도유망한 삶을 살았다. 꽤 그럴
싸한 삶.

그 속을 들여다보면 효율, 효율, 또 효율이었다.

한국 교육의 장점을 다 배워 왔달까.

어떻게든 때려 박아 공부를 했었고, 의대생이 되고서도 마
찬가지였다.

무조건적인 암기라기보다는 효율적으로 박아 넣는 암기랄
까.

'극적인 예는 많지.'

그냥 시를 암기하는 것만으로는 부족해서, 문학을 하면
작가의 의도를 외워야 했고, 그걸 추론하는 것도 배우지 않
던가.

다른 과목도 전부 마찬가지.

질적으로 들어가기보다는 우선 선생들이 의도를 가져다
설명해 주면 그것마저도 때려 박아야 했다.

의도를 알아내는 방법도 배우고는 했고.

때로 무궁만큼이나 깊은 게 학문인데 그런 식으로 배워
왔다.

그렇게 살다 왔다.

그때의 삶과 지금의 삶을 선택하라면 전생의 부모님이 마

음에 걸리는 점을 제외하곤, 지금의 삶이 더욱 좋다.

그래서 그때의 방식을 애써 잊으려고 했던 거 같기는 하지만 어쩌겠는가.

'생각나는 게 이런 방식인데…….'

어떤 경지에 이르기 전까지 우선은 때려 박고 보는 것.

그걸 만든 자의 의미를 우선 추론을 해 보아서 때려 박는 것, 그게 운현이 전생에서 배워 온 핵심이었다.

그리고,

'무공에 그 짓을 하게 될 줄은 몰랐지.'

그 짓을 또 저질러 버렸다!

이번에야 전생에서보다는 나쁘지 않은 의미로 그 일을 하기야 했다.

하지만 씁쓸함이 느껴지는 것까지는 운현도 어쩔 수 없었던 것일까. 그의 표정이 그리 기쁘지만은 않았다.

"……역시 알려 주실 수는 없는 것입니까?"

그래서 오해했나.

삼권호의 표정도 그닥 좋지만은 않았다.

운현이 진심으로 알려 주지 않으려 생각한다고 여기는 듯했다.

하기야 무공이란 게 보통 중요한 것이던가. 운현이 구결을 물어서 알아낸 것도 아니고 홀로 연구해 낸 거다.

비록 삼권호의 무공으로부터 알아냈지만 그걸 쉽게 알려 달라고 하는 게 되어 삼권호의 욕심일지도 몰랐다. 뻔뻔한 걸지도.

하지만 그 뻔뻔함만큼이나 그도 절박하겠지.

운현의 방식을 배워 실마리라도 잡게 된다면 새로운 경지에 갈 수도 있을 테니까.

그것도 아주 높은 확률로 그리 될 수 있을 거다.

'장난 좀 쳐볼까나…….'

괜히 그의 진지한 모습을 보게 되니 장난을 좀 치고 싶기야 하다.

"큼…… 남아일언 중천금 아닙니까?"

"그, 그래도…… 이건 좀 다른 문제가 아닙니까?"

"다른 문제요?"

"그러니까…… 무공이기도 하고…… 뭐…….'"

그럴싸하지 못한 핑계라는 걸 알아설까, 쭈뼛쭈뼛 말을 이어 가는 삼권호다.

그답지 않은 모습이라, 무언가 기록할 장치라도 있다면 당장 기록을 해 두고 싶을 정도다.

'아쉽군.'

그래도 눈요기는 분명히 됐다. 다른 이들도 본다면 지금의 운현처럼 아쉬워하겠지.

언제 삼권호의 저런 모습을 볼 수 있으랴. 그래도 조금만 더. 아까우니 좀 더.

라고 생각하며 한참을 괴롭혀 보는 운현이었다.

그래도 결국엔,

"크흠. 뭐 저도 얻은 바가 있으니……."

운을 띄워 보는 운현이었다.

* * *

"그게 진짜 맞는 말인 겁니까?"

"대성하는 길에는 맞는지 저도 잘은 모르겠으나, 우선은 효과가 있는 건 맞습니다."

"허어……."

무공이란, 결국 강해지기 위한 길이다.

약자이기에 강해지고 싶은 염원이 담긴 게 무공이다. 그 어떤 맹수보다도 약한 인간을 맹수로 만들어 준다.

그게 본질.

운현은 그 본질에 착안했다.

도를 추구하는 도가의 무공이 있긴 하다. 무당만 해도 그런 경우다. 소림에서는 불심을 담기도 한다.

하지만 그런 심오한 것은 우선 제외했다.

거기까지는 운현의 공부가 닿지도 않았다. 아니 못 했다가 맞을 것이다.

아무리 운현이라고 하더라도 그 수준에는 도달하지 못했다.

그가 그런 심오함을 이해했더라면 이미 오래전에 선천생공을 완전히 대성했을지도 모를 일이겠지.

하지만 삼권호의 삼결지의권은 어떻게 닿을 수 있는 거 같았다.

무공의 방식이 패도적이어서 그러할까. 무공의 본질. 우선은 강해진다는 방식에 집중을 하기에 편했다.

거기서 착안해서 효율을 찾았다.

'사실 틀릴지도 모르지.'

무공이란 게 많은 자들이 만들고, 많은 이들의 인생이 담겨 있어 틀릴지도 모르긴 하다.

동시에 효율적이다. 아니 효율적이게 만들어야 했다.

그리고 지금 이 순간 그것을 증명해야 했다.

'안 되면 다른 방식을 또 찾아야겠지.'

어떻게든 해낸다는 의지를 가지고서.

삼권호처럼, 삼결지의권의 모습 그대로 운현이 자세를 잡았다.

그의 눈에 담고 또 담았던 모습이기에 그 형이 제법 나왔다. 그래도 어차피 흉내다.

"우선 자세를 잡아 보시지요. 저처럼요."

"뭐 그 정도야 어렵겠습니까."

삼권호 앞에서 주름을 잡은 겪이랄까.

삼결지의권에 평생을 담은 삼권호답게 금방 같은 모습을 해냈다. 운현이 한 것보다 더 각이 잡혀 있었다.

흉내와 진짜의 차이다.

하지만 여기서부터는 달랐다.

그 자세 그대로 운현이 천천히 손을 날리기 시작했다. 설명하기 위해서 아주 천천히.

'또 시작이려나.'

전에 수십, 수백 번을 반복해설까.

전에 했던 고문 같은 그 짓을 또 할지 모른다는 생각에 잠시 움찔하던 삼권호다.

하지만 이내 어쩔 수 없다는 걸 알고 있는지, 고개를 한 번 끄덕이고서는 결심을 바로 세운다.

그러곤 운현의 자세를 따라 했다.

"원래는 영도혈에서부터 기를 더욱 실었지요? 의념을요."

"그걸 어떻게 아셨습니까?"

여기까지는 일반적인 자세다. 운현도 분명히 그리했다.

'자세는 달라질 게 없지.'

무공을 만들면서 알게 된 것이 있다. 형이란 건 그 구결을 표현하는 데 가장 좋은 자세일 뿐이다.

중요한 건 구결.

무조건 형에 맞춰야만 무공이 펼쳐지는 게 아니다.

항상 같은 상황, 항상 같은 자세로만 무공을 펼친다는 건 있을 수 없는 일이다.

무공을 펼치는 환경이 다르고, 상황이 다른데 어떻게 그게 그리 되겠는가. 그러니 구결이 중요하다.

만약 한곳에서만, 같은 모양으로만 무공을 펼쳐야만 했더라면 무공이 전수되지도 못했을 거다.

제자인 어린아이가 그리는 형과 스승이 그리는 형(形)이라고 하는 게 너무도 다를 테니까.

그러니 형에 구애받지 않는 걸 고수의 밑거름으로 치는 자도 있지 않은가.

반대로 모든 경우에 그 초식을 만들 수 있게, 수천 가지의 형을 심은 무공도 있기는 하지만 일단 그건 넘어가고.

중요한 건 운현이 구결도 없이 삼권호의 구결에 딱 들어맞는 혈을 찾아냈다는 거다.

"감입니다. 제 능력이랄까요."

"아니, 감으로 그게 되는 겁니까?"

"일단은 그렇게 생각하시죠. 뭐 저라고 해서 쉽게 되는 건 아닙니다. 괜히 시킨 게 아니란 거죠."

"허어……."

상대의 무공의 중심이 되는 혈을 알게 되면 쉽게 파훼를 할 수 있게 된다.

그런데 운현은 그걸 알아냈단다. 꽤 많이, 아니 심할 정도로 많이 보여주기는 했지만 그게 그것을 위한 것이었다니.

괜히 소름이 돋는 삼권호였다.

'잘못하면 신의님한테 무공을 다 파훼당할지도 모르겠군.'

뭐든 처음이 어려운 거다.

운현이 많이 반복하고, 경험이 쌓여 그 감이라는 게 강화라도 되면?

어지간한 무공은 보자마자 파훼해 버릴지도 모를 일이다.

무인으로서는 생각하기도 싫은 모습이다.

하지만 뒤따른 운현의 말에 삼권호의 생각은 더 이어지지를 못했다.

"우선은 그 혈이라고 하는 걸 다시 생각해 봤죠."

"생각을요?"

"예. 일권에 영역을 그리고, 이권에 집중, 삼권에 그 폭발력을 내는 게 핵심 아닙니까."

"……그렇죠."

무공의 핵심이다. 그걸 별거 아니라는 듯 말할 줄이야.

무공이란 게 그 뜻을 알면서도 당하는 경우가 수두룩하긴 하다지만, 삼권호로서는 쉬이 대답하기 어려웠다.

그래도 역시 무공에 대한 욕심에 할 수밖에 없었다.

"아까 말했듯이 처음은 보통 영도혈에서 집중을 하셨죠. 의념을요."

"예."

"그런데 말입니다. 그걸 저는 달리 생각했습니다. 무공의 핵심에서요."

"핵심요?"

"예. 잠시 다시 보시죠."

후우웅— 쿵!

더 크게 행동을 보이기 위해설까. 진각을 밟으면서 동시에 그 형을 보여 준다.

바로 앞. 아까보다 더 가까이에서 봐서일까.

그걸 보는 삼권호의 눈이 더욱 깊어진다. 그러곤 바로 눈치챈다.

"영도혈이 아니라, 그 위 팔꿈치 쪽의 소해혈인 겁니까?"

"예."

"영도혈이 아니라, 소해혈이라니……."

"그러니까 이렇게 한 이유는…… 엇?"

뭐지. 순간 운현은 당황했다.

오래전에 자신도 경험을 해 본 거 같기는 한데, 이런 것을
또 지금에 와서야 볼 줄이야.

삼권호의 눈이 침잠해 간다.

그의 육체는 이곳에 있으면서도 동시에 그의 정신은 이곳
에 있는 게 아니었다.

이것은 흡사⋯⋯.

第十一章
생각지 못한 걸 주다

'깨달음……'

다른 것도 아니고 깨달음을 얻는 모습이지 않은가. 운현
도 분명 몇 번이고 크든 작든 깨달음을 얻어 왔다.

그러니 착각일 리 없다.

지금 깨달음이라니!

정체가 되어 있어 당장에 깨달음을 얻을 수 있을 거라고
는 생각이 들지 않던 삼권호지 않은가.

그래서 지푸라기라도 잡을 심정으로 구결을 제외한 모든
걸 보여주다시피 했던 그였다.

고문과도 같았던 지루한 반복과 멈춤을 버틸 수 있던 원

동력도 어쩌면 더 강해지고 싶다는 무의식의 발로였을지도 모른다.

해서 운현은 성심성의껏 그가 보여 줬던 무공의 핵심을 찾아 발전시키려 했다. 놀리는 건 덤이었을 따름이다.

그런데 지금 이건 뭔가.

"헛……."

무의식 속에 침잠해 버린 삼권호가 주먹을 내지른다.

수없이 봐 온 자세와 같았다. 그러면서 동시에 달랐다. 형은 같더라도 실린 기운이 달랐다.

'물러나자.'

운현은 놀란 신음성과 함께 뒤로 물러났다.

잘못하다가는 그에게 피해를 줄 수 있으니까. 놀리는 것도 좋지만 깨달음 도중에 그를 건드릴 만큼 어리석지는 않았다.

삼권호가 운현을 느낀 건가.

신음성을 낸 것조차도 방해가 되었던 걸까? 아니면 뒤로 물러난 것이?

운현과 삼권호의 눈이 마주쳤다. 텅 빈 눈이다.

어딘가 깊은 세계로 빠져든 눈. 보통 사람은 가질 수 없는 눈. 어쩌면 백치와도 같은 눈이다.

그런 눈을 마주하니 운현도 멍해질 정도다.

'나도 저랬을까.'

자신도 깨달음을 얻을 때 저리도 멍한 얼굴을 했을까?

모르겠다. 자신이 깨달음을 얻던 그 모습을 기록할 방법은 없으니까. 그래도 비슷하기는 했겠지.

그래도 용케 운현이 방해는 안 된 듯했다.

단지 우연히 눈이 마주쳤을 뿐이다. 운현이 놀란 가슴을 쓸어내리는 동안,

스르—

삼권호가 다시금 움직였다.

"……."

여전한 침묵.

하지만 멍하니 침전된 눈과 달리 그 기운은 분명 날뛰듯 움직였다.

기운에 민감한 운현이기에 더 잘 느낄 수 있었다.

'미친 듯 날뛰지만 또한 정돈됐다.'

미친 날뜀과 질서라니.

기운이 미쳐서 날뛰는데도 이렇게 한 곳으로 올곧게 움직이는 건 또 처음 본다.

패도적이면서도, 또한 정돈되어 방어적이다. 모순되는 말이지만 그걸 동시에 내포하고 있는 게 사실이다.

읽혀지는 기운이 그러했다. 흡사 이 모습은.

'삼결지의권의 성질과 비슷해.'

무공으로 말미암아 깨달음을 얻고, 무공에 세월을 녹이기에 결국 무공과 같아지는 걸까.

운현도 모른다. 그도 무의 깨달음을 얻었다 감히 자부할 수는 없으니까.

다만, 삼권호를 바라볼 뿐이다.

느리게 움직이다가도 갑작스레 빨라진다.

모든 걸 방어할 듯 움츠리다가도, 모든 걸 지배할 듯 날뛴다.

영도혈에 집중되어 증폭되던 기운이 이제는 팔 전체로 퍼져 나간다.

영역이 달라졌다. 하나의 혈이 아니라 모든 혈이 그를 반기는 듯했다. 더 집중되고 더 강해진다.

억지로 하나의 혈을 증폭하여 패도를 얻는 게 아니다.

'그 자체가 패도…….'

아아. 깨달음이라고 하는 건 얼마나 아름다운 것이던지.

기운을 읽는 그이기에 눈에 아로새겨지듯 기운이 느껴진다.

삼권호.

무에 모든 것을 바친 자. 패도의 기운을 가진 무공을 익힌 주제에 내심은 부드러운 자.

외유내강(外柔內剛)의 전형!

그런 자의 깨달음이란 얼마나 아름다운가.

그의 깨달음으로 말미암아 운현의 깊은 곳에서부터 황홀경이 느껴진다.

기운을 읽는다는 것. 사람을 살리겠다는 일념(一念)과는 또 다른 모습의 깨달음!

'저게 무공인가……'

어느샌가 운현이 자신도 모르게 움직이기 시작한다.

시야의 중심에는 삼권호가 있지만, 점차 무언가의 세계로 같이 침잠해 간다.

깨달음인가? 묘하게 달랐다.

깨달음은 오로지 그만의 것이었더라면.

지금 운현이 침잠해 가는 곳은 그만의 장소가 아니었다!

삼권호 그가 느끼는 곳! 그의 영역!

오직 그만의 삶이 녹아 있는 그곳! 황홀경의 절정에 운현이 함께 도달하여 버린다.

느낀다. 느끼고 또 느낀다.

아니, 이걸 느낀다고 할 수 있을까. 정신 그 자체가 합일에 가까워져 버리는 것이 아닐까.

"……."

"……."

대화도 없다. 침잠한 서로의 눈동자가 마주쳤지만 공허하다.

형을 같이 하지만, 그 정신마저 같은 자들은 아니다. 운현과 삼권호 둘 모두 달라도 너무 다른 사람이다.

태어난 환경, 행동 양식, 경험, 배운바 지식.

그 모든 것들이 달라도 너무 다른 자들이다. 그럼에도 하나다.

뜻이 드높은 성자가 수십, 수백, 수천의 사람들을 자신과 같게 만들 수 있다고 전해지던가.

그렇다면 한 사람의 깨달음이 다른 한 사람을 감화시키는 것은 더욱 쉬운 일일 수도 있겠지.

그 뜻이 성자만큼이나 드높지 않다고 하더라도, 상관없다.

결국 누군가의 깨달음이라는 것은 지고한 뜻이기도 하지 않은가.

황홀경이며, 깨달음이고, 삶이니까!

그 지독하리만치 중독스러운 삶, 깨달음, 황홀경에 감화된 둘이 함께 움직인다.

삼권호가 일권을 날리면,

운현 또한 같은 일권을 날린다.

아니, 같으면서도 달랐다.

항상 삼권호가 먼저였다. 그다음은 운현.

분명 따라 했다. 그럼에도 뒤늦게 따라 하는 운현의 것으로 녹아들었다.

같은 형을 보이는데 분명 둘은 무언가 달랐다.

그래. 삼권호의 기운은 확산이었다.

집중이 되기보다는, 이 주변 모든 것을 자신의 영역으로 만들겠다는 듯 확산됐다!

패도스러운 기를 가지고서도 패도를 추구하지 못하는 삶을 살았던 그!

인성이 뛰어남에도 중소문파도 못 들어가 우연찮게 익힌 미완성의 무공으로 살아왔던 그!

그럼에도 그 누구보다도 자신의 뜻을 이어가기 위해 애를 써 왔던 그가 아닌가!

그러나 뜻을 펼치지 못했다.

그가 운현을 따르는 것은 자신의 뜻을 펼치는 데 힘겨워하는 자신과는 다르게 그보다 어리면서도 더 쉽게 뜻을 펼치는 운현을 부러워해서인지도 모른다.

뜻을 펼치지 못해 보던 한(恨)을 풀어 보고자 함일까?

패도를 익혔음에도 패도를 펼치지 못하는 자신을 지금에서야 표현하고 싶다는 염원이라도 담긴 것일까.

그의 기운은 퍼지고 더 퍼졌다!

"......!"

침묵 속에서도 더 많은 것을 얻겠다는 듯이!

중년이라는 나이가 되고서도 운현의 약으로 말미암아 겨우 일 갑자를 넘은 깊지 못한 내공!

그걸 모두 폭발시켜 자신의 패도를 만들겠다는 듯!

퍼트리고 또 퍼트린다!

그렇다 해서 그의 기운이 얕지 않았다. 농밀했다.

그 주변에 있는 모든 기운이 그에게 감화되기라도 하는 듯 그를 따라갔다. 그의 뜻을 따라줬다.

그런데 그 옆에 위치한 운현은 어떠한가?

농밀하지 않았다. 퍼트리지도 않았다. 자신의 영역을 더욱 자신의 것으로 하고자 애쓰지 않았다.

덕분에 삼권호의 패도를 방해하지도 않았다.

다만 운현은 집중했을 뿐이다. 그 많은 기운.

전에 있던 깨달음들과 말미암아 점차 농밀해져 가는 기운. 이 갑자를 넘어가려 하고 있는 어마어마한 선천진기!

그것을 그는 더 퍼트릴 필요가 없었다.

다만 은은하게. 또한 자신과 함께하는 이를 보호하기라도 하려는 듯.

더욱 침잠해갔다. 집중해 갔다. 퍼지지 않고, 그 안에 머물러 갔다.

하지만.

쿠우우우웅─!

그 기운은 삼권호와 또 다른 방식으로 농밀했다.

그의 일권을 지금 상대하고 있는 자가 있다면, 그의 힘을 감히 피륙에서 나온 힘이라고는 생각지 못할 게다.

집중에 집중.

그로 말미암은 농밀한 증폭!

이 증폭된 힘이 뻗쳐 나간다면 그때는 정말 생각지도 못한 힘을 보여 줄 터.

같은 장소, 같은 시간에 깨달음을 녹여가는 주제에 서로가 전혀 다른 방식으로.

"……."

"……."

오로지 침묵 속에서!

한 명도 아닌, 두 명이 동시에 깨달음을 얻어버리는 괴사를 만들어 가고 있는 운현과 삼권호였다.

＊　　＊　　＊

그때의 괴사.

그 누구에게도 알리지 않은 채로 며칠이란 시간이 흘러

갔다.

운현과 삼권호 둘 사이에 어떤 약속이 있었던 건 아니었다. 그건 암묵적인 묵시였다. 그리해야만 한다는 걸 그 둘은 알았다.

그럼에도 그 주변에 있는 자들은 무언가를 느꼈다.

자신들과 같은 공간, 같은 시간을 할애하고 있던 삼권호가 변한 걸 바보가 아닌 이상에야 모를 리가 없었다.

보통 사람은 느껴지지도 않는 기.

그것을 느끼고 기도라고 말하면서, 힘의 고하까지 척척 측정해 내는 자들이 무인이지 않은가.

그렇기에 더 잘 느낄 수 있을지도 모른다.

삼권호가 정리되면 알려 주겠거니. 그도 아니면 있다 보면 알겠거니 하던 주변의 무인들 중 성질이 급한 자는 분명 있었다.

인명석. 삼권호와 함께 아이들의 교두를 맡고 있는 자가 그중 하나였다.

그가 잔뜩 궁금증을 안았다.

세상 모든 궁금증을 안아야 한다는 의무라도 가진 듯 얼굴 표정에도 '궁금함'이라고 쓰여 있을 정도다.

호기심은 고양이도 죽인다 했으나, 말 한 마디 못 꺼내랴.

아직 하루 일과가 끝나지도 않은 잠시의 쉬는 시간임에도 그는 꽤 다급해 보였다.

"아니, 대체 무슨 일이란 말인가?"

"뭐가 말인가?"

"자네, 너무 달라졌지 않은가?"

"흐음…… 달라졌다고?"

"그래. 기도가 완전히 달라졌어! 이건 흡사 그 뭐냐……
설마 이기는 한데……."

같은 선상에 있던 삼권호와 그다.

가끔 대련을 해 보면 서로 비등비등한 실력을 가지고 있
었다.

의명 의방에는 삼권호보다 늦게 합류하기는 했지만 상관
없었다.

실력이 강한 편이었기에 내심 자신도 경력을 제외하곤 꿀
릴 게 없다고 생각하고 있었달까.

그런데 달라졌으니! 오죽하랴!

질투는 아니다. 다만 호기심이 강했다.

"말을 해 보게. 말을."

"……설마 깨달음을 얻은 건가?"

"허허."

긍정인가. 아니면 부정인가.

그 아무런 말도 하지 않은 채로 삼권호는 그저 움직여 나

갔을 뿐이다. 인명석을 그대로 두고서!

"아 쫌!"

그 모습에 괜스레 소리쳐 보는 인명석이었다.

*　　　*　　　*

'또 오게 됐군.'

전에는 지겹기만 한 공간이었건만 이제는 아니다. 매일이 다른 곳. 매일이 가슴 뛰는 곳이라고 한다면 여기다.

'평생 숙원일 거라 여겼건만⋯⋯.'

깨달음이란 어이없는 방식으로 오기도 한다더니.

그때의 깨달음이라고 하는 건 너무 생각지도 못한 상황에서 왔다.

그래도 평소 준비란 것을 해 두었기에 갑작스레 다가오게 된 깨달음이란 걸 받아들일 수 있었을 거다.

기약 없는 깨달음이란 걸 기다려 매일 몸을 갈고 닦는 것이 무인이란 족속이니까.

드디어 한 걸음 나아갔다.

물론 한 걸음 나아갔다고 해서 끝이라고는 생각지 않는다. 숙원을 얻었다 해도 또 한걸음 나아가야 하는 게 무인이다.

덜컥—

문을 열어 재낀다. 평생을 기억할 선물을 받은 곳. 운현의 연무장이다.

"왔습니다."

"오셨습니까?"

"뭐 그렇지요."

운현은 매일 보는데 반가워하는 얼굴이다.

도무지 감정을 표현할 줄 모르는 자신과 다르게 감정을 아끼지 않는다.

자고로 무인이란 자신의 감정을 숨겨야 하는 게 아닌가.

그래야만 속을 모를 테니까.

속을 알 만한 자보다 모르는 자를 적도, 혹시 모를 암습자도 더욱 어려워할 것이니까 감정이란 숨겨야 하는 게 아니었던가.

그래서 무인은 그리 습관을 들인다. 자신을 숨기고 또 숨기는 방향으로.

사파무인도 제대로 된 무인이라면 그리한다.

그런데 운현은 그러지를 않는다. 더 알려 주려 하고 더 보여주려 한다. 지금 이 순간에 보여 주지 않으면 더는 보여 주지 못할 것처럼.

많은 것을 보여 주는데도 불구하고 그의 밑바닥이 보이지 않는다. 감정과 속내를 아낌없이 보여줘도 꺼풀이 남아 있다.

그래서 삼권호가 혼란을 느낀다.

운현은 굳이 감정을 숨기지 않고도 뭐든 해낼 수 있다는 듯이.

"이미 볼 장은 다 봤잖습니까. 무뚝뚝하시긴."

감정을 잘 드러내지 못하는 자신을 안타깝다는 듯 바라보곤 한다.

"원래 이런 사람입니다."

원래 그렇다며 넘기곤 하지만, 지금에 이르러서는.

'어느 쪽이 맞는 건지…….'

자신에게 깨달음을 준 운현의 방식이 맞는 건가 생각이 들곤 하는 삼권호였다.

자신이 여태껏 알아 왔던 것들과 너무도 다르기에 복잡함과 함께, 운현을 파악하고자 하는 호기심도 동시에 든다.

부동의 심(心)을 가지지 못했다는 건 좋지 못한 일이다.

그러니 이럴 때면. 차라리.

"오늘도 시작해 보지요."

"얼마든지요."

자세를 갖추고 서로가 마주함이 좋았다. 대련이다.

과하지도 무겁지도 않은 가벼운 포권.

그러곤 바로 언제 그러했냐는 듯 자세를 취한다.

경지로 승패의 고하가 절대적으로 나뉘지는 않지만, 거의 절대에 가깝다.

경지가 다르면 그 상위의 자를 이기기 힘든 건 당연하다.

아무리 삼권호가 깨달음으로 말미암아 절정에 이르렀다 하더라도 그 이상인 운현을 이기는 게 가능할까.

지고한 화경이란 경지에는 이르지 못했다지만, 지난 깨달음으로 더 가까워졌을 운현이다.

서로를 상대하기에 수준이 맞지는 않았다.

다만 운현의 쪽에서 맞춰 줄 수는 있었다. 서로가 비슷한 자세를 취한다. 그도 권법, 운현도 권법이다.

"크……."

"조심하시죠."

서로와 서로의 손이 마주한다.

검과 검이 마주하듯 부딪치는 권에는 아주 작은 미세한 틈을 제외하고는 그 어떤 공간도 용납되지 않았다.

삼권호가 하는 삼결지의권과는 다르지만 그와 비슷하면 서도 다른 운현의 권법.

실상 어떤 대단한 권법을 익힌 운현은 아니지만, 침술과 더불어 손을 자주 사용해 왔던 운현이 아닌가.

가전 검법을 익히고, 그 검법의 흉내를 권으로 내던 것이
시초.

그 뒤로는 많은 실전을 겪으며 자연스럽게 권법을 뽐내듯
사용하는 게 절정에 이르렀고.

지금에 이르러서는 여러 깨달음으로 말미암아 하나의 권
법을 만들어가고 있었다.

어떤 이름도 붙여지지 않았지만, 분명 완성되어 가고 있음
은 분명했다.

그러니 삼결지의권을 넘어 이제는 장법을 날리는 것에 주
안점을 두고 있는 삼권호와도 주먹을 마주할 수 있는 거겠
지.

여유까지 두고 움직일 수 있을 정도였다.

"하앗!"

상체는 평온해 보이기만 하건만, 그 둘이 마주하는 하체
는 어지러이 보법이 움직인다.

그 작은 틈, 그 틈만 보이면 날리는 주먹.

그 공세를 막아 내고 피하는 주먹의 궤적은 흡사 한줄기
의 춤과 같았다.

서로가 서로를 너무 잘 알게 되어설까.

여유가 넘치는 와중에서도 그 공세만큼은 점차 거세어진
다.

더 강렬하게! 더 빠르게!

평온한 표정이 이제는 흥분된 표정으로 변화한다.

땀 흘리는 대련.

생과 사를 가르지 않으면서도 서로의 무를 마음껏 표출할 수 있는 대련이란 얼마나 반가운가.

무로써 완성을 하고 깨달음을 얻어간다는 것은 삼권호나 운현 모두 같은바.

서로의 뜻이 맞고, 서로가 합이 맞기에 대련이라는 건 격렬해지면서도 희열을 낳게 했다.

땀 흘리고, 그 흘린 땀만큼 흥분되는 그 어떤 결합.

한참을 두고 이어지는 대련이다.

어떤 가책도 없으며, 단지 펼치기만 하는 대련은 무인에게 있어 축복이나 다름없지 않던가.

허나 그것도 결국 끝은 있었다.

육신이라 하는 건 아무리 단련하여도 무한의 힘을 낼 수는 없는 터. 그런 자는 이미 인간과 궤를 달리하는 자가 된 것이지 않겠나.

아직 인간의 피륙을 가지고 있는 그들로서는 이 오랜 시간 대련을 이어갈 수 있었다는 것 자체가 경이겠지.

서로의 수와 수를 읽으려 압박해 오는 긴장감.

읽어낸 수를 통해서 틈을 만들어 내는 실행력.

그걸 받쳐 주는 움직임을 쌓기 위한 내공, 육체.

그 모든 것들이 경이가 아니고 무엇이겠는가. 괜히 무공에 삶이 녹아 있는 것이 아닌 것이다.

그래도 결국 끝났다.

"후아. 잠시 쉬지요."

요청은 삼권호로부터 나왔다.

"좋군요. 전보다 나아지셨습니다?"

"그러는 신의님이야말로 좀 여유가 있으십니다."

"뭐, 조금 더 있을 뿐이죠. 하핫."

많이 봐줬군. 그것도 생각보다 더 많이.

삼권호는 그리 생각했다.

깨달음이 있고, 바로 이튿날 있던 대련.

그날에는 삼권호나 운현이나 비등비등한 듯 느껴졌다.

삼권호가 깨달음을 얻어 삼결지의권이 더욱 발전한 덕분이었달까. 운현이 권법만을 전문적으로 익히지 못한 것도 삼권호 쪽에 득이 되었을 거다.

하지만 딱 거기까지.

운현은 하루, 하루가 달랐다.

자신은 천재가 결코 아니라고 말하는데도 말과 행동이 전혀 달랐다. 말로는 범재라 말하면서 행동은 천재랄까.

익히고 또 익혀내는 게 너무 빨랐다.

그가 일권을 날리면 운현도 일권을, 그가 아직은 미숙하지만 애써 장을 날리려 하면, 그 장을 따라 해 버렸다.

운현의 말로는 자신의 기감이 비정상적으로 강해져서라고 하는데, 아무리 봐도 고개만 절레절레 저어질 뿐이다.

'범재를 가장한 괴물.'

정도가 현재 삼권호가 내리는 운현에 대한 평가다.

만약 운현 같은 자가 조금이나마 더 사악했더라면, 사사로운 이득을 위해서 움직였더라면?

이 호북은 아니, 어쩌면 이 중원이 좀 더 안 좋은 쪽으로 변하지 않았을까 생각이 들 정도였다.

그걸 머리로 생각만 해도.

'아찔하군……'

머리가 다 아찔해진다.

운현에게 그런 마음이 없어 다행이라는 생각이 든달까.

그런 삼권호의 속도 모르고 대련이 끝난 운현은 다시 평상시의 모습으로 돌아와 버린다.

조금은 물러 터졌으면서도, 신의라는 이름하에 다가가기는 어려운 그런 모습으로 돌아와 버리는 것이다. 그답게.

전이라면 과장이라고 생각하겠지만, 지금은 아니다.

분명 지금 호북에는 잠룡이 아닌 괴물이 자라고 있었다. 주변조차도 더욱 강하게 만들 수 있는 괴물이.

하지만 동시에 이런 생각도 하는 삼권호다.

'뭐 어쩌랴.'

그가 악인도 아니고, 사도도 아니다.

되려 많은 이들을 챙기고, 또한 책임지고 있는 자이지 않은가. 그런 자가 좀 괴물같이 강해지면 또 어떻겠는가.

오히려 많은 자들에게 좋겠지. 다만 변하지 않기만을 바랄 뿐이다.

그리고 이왕이면 이 좋은 일이 자신의 동료들에게 생기길 바라는 것도 인지상정이다.

해서 삼권호가 말을 꺼냈다.

"그나저나 이제는 슬슬 말하시는 게 어떻겠습니까?"

"뭘요?"

"며칠밖에 안 되었지만, 의방 내부에서는 꽤나 이야기가 오고 갑니다."

"들켰군요?"

"……기도가 달라졌는데 무인이 모르면 그게 무인이겠습니까."

"그래도 꽤 오래 버텨주실 거라 여겼는데요."

"어쩌겠습니까. 항시 같이 있으니 어쩔 수 없는 일이지요."

"흐음……."

운현이 삼권호를 의심스러운 눈초리로 바라본다.

일부러 알려 준 것은 아니냐 말하는 눈빛이다. 기도를 적당히만 드러냈더라면 분명 시간을 더 끌 수도 있었을지 모른다.

반쯤은 사실인지라 괜스레 움찔해 버린 삼권호였다.

그래도 깨달음이 있는 만큼 뻔뻔함도 더 강해졌는지, 꼿꼿하니 다시 허리를 세워 보는 삼권호였다.

그러면서 눈치를 본다.

이제는 슬슬 자신에게 직접적으로 물어 오는 무인도 있으니, 어서 결정을 해달라는 눈치도 주는 건 덤이었다.

"안 그래도 생각을 하고 있기는 했습니다."

"그래요?"

반색하는 삼권호.

"낭인 출신이신 자들 중에는 더 무공을 강화하고자 하는 분이 많지 않습니까?"

"그렇지요. 저 말고도 많습니다."

"그렇기야 하겠죠."

더 강해질 수 있다는데 어떤 무인이 마다하랴. 구결을 묻지도 않으니 누구에게 전할 것도 아니다.

"흐음. 그렇다 해도 우선 이 일 자체가 어디 알려져서는 또 문제 아닙니까?"

"의명 의방 밖으로만 새어 나가지 않으면 되는 거 아니겠습니까."

"그게 쉬울지가 문제겠지요."

역시 문제는 보안인가.

하기는 운현의 괴물 같은 능력이 소문이 나게 되면 또 어떤 자들이 무슨 일을 저지를지 모른다.

그들 암중 조직이 아니라고 할지라도, 어떻게든 운현을 이용하려는 자들이 넘치게 되겠지.

그 점은 분명 염려되는 바다.

'어찌해야 하려나.'

운현의 생각이 깊어져 간다.

第十二章
쓰고 보자

생각이 깊으면 될 것도 안 된다.

운현이 여러 생각을 해서 머뭇거리다가 손해 본 게 여럿 되지 않은가.

그동안이야 그의 능력으로 버텨냈다지만 지금은 그 수준을 넘어 설 게 분명하다.

지금 잠시 머뭇거린다 해서 사라질 암중 조직이 아니지 않은가.

암중 조직의 패악질은 십수 년 전부터 준비된 것이고 지금에 이르러서 그 꽃을 피우고 있을 뿐이다.

아주 조금씩, 조금씩 준비를 해 왔던 것을 이제 수확을 해

나가는 셈이었다.

지난번에 막은 자들은 끄나풀밖에 안 되는 터.

'핵심에는 도달하지도 못했지.'

그나마 잡은 거라곤 형운사의 주지 정도다.

그를 중심으로 하는 주변 인물로부터 환화세공을 얻어 덕분에 갈기환과 강증폭환을 만들 수 있었던 게 성과다.

그 뒤에 만났던 건 폭사를 한 노인.

그때의 노인으로부터는 얻은 것도 없어 어떤 성과를 얻었다고 하기에는 미흡했다.

강시를 생성하는 곳을 파괴하기는 했지만, 그런 곳이야 그 뒤에도 여럿 더 있을 수 있었다.

그런 상황에서 성과라 하기엔, 미흡하다고밖에 할 수 없다.

그러니 더 강해져야 했다.

'그런 고수가 얼마나 더 있을지도 모르니까.'

얼마나 더 대단한 자들이 들이닥칠지 알 수가 없다.

결론은 긴장의 끈을 느슨하게 두기에는 운현에게 당장 걸리는 바가 많았다. 안일해서는 안 된다는 소리다.

그러니 운현은 사람을 하나씩 조심스레 불러들였다.

운현의 약을 먹어 환화세공을 익히지 않았음은 이미 충분히 알고 있다.

개방이나 하오문의 조사도 충분히 받은 터. 첩자일 경우는 아주 높은 확률로 배제를 할 수 있는 상황이다.

그러니 뭐가 부족하랴.

물론 완전히 환영을 받지만은 못했다.

인명석.

삼권호와 비슷한 나이에 검을 멋들어지게 쓰는 그는 삼권호와 비슷한 경지다.

아니 삼권호가 절정으로 올라섰으니 였다라고 표현하는 게 맞겠지.

일류의 끄트머리.

그가 익힌 검법 영환비검(影幻飛劍)은 삼결지의권처럼 미완성이거나 하지는 않다.

이미 대성을 한 지 오래랄까.

무공의 수준으로 놓고 보면 삼결지의장보다는 한 수준 낮은 무공이라 생각하면 됐다.

대성을 하고 일류라니.

물론 일류가 흔하기만 한 건 아니지만, 그래도 서글픈 무공이기는 하다.

그나마 그가 일류에 돌입한 것도 무공에 재능이 있어 여기까지 잘해 온 덕분이다.

그 뒤로부터는 그 자신이 무를 갈고 닦는 데 애를 쓰며 자신의 길을 개척해 왔다.

덕분에 일류의 끄트머리까지 도달을 한 그이지 않은가.

노력과 재능은 충분한데 무공만 달리는 상황이다. 아니면 그 이상의 어떤 돌파구가 필요하다.

그 점을 운현은 찔러보기로 마음먹었다.

"삼권호가 강해진 것이 그때의 그 일 덕분이라는 거지요?"

"맞습니다."

운현이 바로 불러들이자마자 득달같이 달려온 인명석.

그가 설명을 듣고는 무언가 의심스러운 눈초리를 보낸다. 나도 당해야 하는 건가라는 눈빛이다.

"설마 저도 그 짓을 해야 하는 겁니까?"

"네."

"다른 방법은 없는 겁니까?"

"그나마 무공의 돌파구라고 할 것을 그 정도 선에서 높은 확률로 뚫는 게 어디입니까."

"크흐…… 그것도 그렇긴 합니다만은."

옆에 있는 삼권호를 한 번 바라보고, 다시 운현을 또 바라본다.

어느 쪽이 맞는 건지 가늠이 안 된다는 느낌이다. 갈팡질팡하는 마음이 확 느껴진다.

"그거 확실히 되기는 되는 겁니까?"

"그동안 하신 게 있으니 높은 확률이라고밖에요."

"흐유……."

삼권호가 당했던 짓(?)은 의방 내에서 파다하게 소문이 난 바다.

무의미하고 또 무의미한 짓이랄까.

무공을 반복하고, 멈추고 하는 것은 자신이 익힌 무공을 제대로 익히지 않고서는 내상을 입을 수도 있는 위험성까지 있는 짓이었다.

그래도 이제는 무의미하지만은 않다는 걸 알게 되었지 않은가.

다만 인명석으로서는 전에 없던 방법이기에 꺼려지는 것일 수도 있었다.

'어쩔 수 없는 것인가. 별짓을 다 하게 되는군.'

더 강한 무공을 얻겠다는 갈망, 더 높은 경지로의 갈망을 가졌기에 무인 아닌가.

어쩔 수 없다. 힘든 걸 알지만 어떻게 하겠는가. 해야지.

"달리 수는 없는 거 아닙니까. 하겠습니까."

"잘 생각하셨습니다. 후후."

삼권호를 넘어 인명석까지도 운현의 마소를 봤다.

발 없는 말이 천 리 간다 했다.

소문은 움직였다. 아래에서 위로. 아주 은밀하게 움직였지만, 그들의 상부에까지 흘러가는 건 의외로 금방이었다.

의명 의방의 총관이 된 한울이 은밀하게 약을 판매하고자 한다.

그 약은 암중 조직과 관련이 있다더라. 잘하면 그들의 정체를 밝혀낼 수도 있다라는 소문이라든가.

또 다른 소문으로는 영약일지도 모른다는 이야기가 돌았다.

정력에 관한 약을 팔더니 이번에는 영약을 팔려고 하는 게 아니겠느냐.

이번 기회에 영향력을 꽤 크게 늘리려고 그런 걸지도 모른다라는 그런 얼토당토않은 소문도 충분히 돌았다.

사실을 기반으로 한 소문과 헛된 소문이 같이 돈 것이다.

알음알음 이어지는 소문.

부정확한 것과 정확한 것이 섞인 소문이었지만, 상부에까지 흘러간 것은 그리 부정확하지만은 않았다.

호북의 공식적인 상부?

제갈세가와 무당파가 있지 않은가.

호북에 있는 수많은 문파나 세가는 전부 제갈세가와 무당을 뿌리로 해서 나왔다고 해도 과언이 아닌 상황이다.

무당에 있는 여러 전의 전주들은 물론이고, 어지간한 규모를 가졌다 하는 궁의 궁주들도 모를 수가 없었다.

숨긴다고 숨기지만, 한울이 보인 행보가 워낙에 커서 전해지지 않는 게 더욱 이상했다.

상황이 이러한데 장문인이라고 해서 모를까.

태청진자(太淸劍子) 진흔(眞俒)도 이 사실을 듣고 고심을 했다.

"얼마나 안다고 하더냐?"

"알 만한 사람은 다 알지 않겠습니까."

"알 만한 사람들이라……."

장문인 진흔은 침중 어린 표정이건만, 장문인의 일을 돕고 있는 운선 도장의 표정은 되려 평온해 보였다.

그저 올 일이 왔다는 태도다.

"무당의 보안이 언제부터 그리 허술해졌는지를 모르겠구나?"

"누군가의 표현을 빌리자면 난세 아닙니까. 당연할지도요."

"난세라…… 그런 난세가 오지 않기를 빌었건만 쉽지만은 않구나."

무림은 곧 난세라는 말도 있었건만 그동안 너무 평온하긴 했다.

진혼이 젊었던 시절, 그 또래의 무인들은 마음에 풍운을 안고 사파 무인들과 대결을 벌이던 적도 있기는 하다.

전면전까지는 치닫지는 않았지만 꽤 위험한 상황에 가기도 했었다. 그러나 그때도 이런 위기감은 들지 않았다.

젊어서 그랬을지도 모르지만 그때 당시는 그 또래 젊은 무인들의 할 수 있으면 해 보자는 그런 식이었다.

'그때가 좋았지. 그때의 위기가 가장 큰 위기일 줄 알았거늘……'

이번 일은 그 범위를 넘었다.

풍운을 안고 달리던 젊은 무인들이 그저 내달리기에는, 숨겨져 있는 것이 너무도 많았다.

누가 첩자인지도, 어디 내부에 첩자가 더 있는지도 알 수가 없다.

듣기로 제갈가도 내부를 단속하느라 바쁘다 하는데, 무당이라고 해서 없기만 하겠는가.

이미 들어온 소식도 있다. 의명 의방을 이끌어 가는 운현의 친형인 명학으로부터의 전언도 있었다.

제갈이 있는데 무당이라 없으랴. 안다. 알고 있다.

문제는 그걸 장문인답게 시원스레 해결할 방법이 없으니

고뇌할 뿐이었다.

'그런데 저 녀석은……'

아직 전부 밝히지는 않았으나, 차기 장문인이 될지도 모르는 주제에 어찌 저리 속아 좋아 보인단 말인가.

차신의 앞을 지키고 서 있는 운선 도장의 평온함이란.

이 난세라는 상황을 전부 읽고 있는데도 저리도 평온하니, 타고난 평온함인지 멍청함인지 염려스러울 정도다.

무당을 이끌다 보면 평온해 보이는 무림에서도 온갖 풍파가 다 일어나는 터.

그런 상황에서 장문을 맡기에는 무던한 성격이 맞는 걸 알기에, 운선을 후보 중에 하나로 뽑기는 했다.

하지만 이건 무던해도 너무 무던하지 않은가.

무던한 것을 알고 뽑기는 했어도 가끔 저런 밑도 끝도 없는 무던함을 볼 때면 그러지 말아야 함을 알면서도 속이 답답하곤 한 장문이다.

자신도 무던한 편인 덕분에 장문의 후보로 꼽히기는 하였는데, 저 운선은 때로 너무할 때가 많다.

어쭈. 이제는 평온한 표정에 뒤를 이어서 웃음까지 짓지 않는가.

"숨기는 것만 능사는 아니지 않습니까."

장문의 속도 모르고 그 속을 헤집어 온다.

"누가 그걸 모르겠느냐. 하지만 빈대 잡으려다 초가삼간을 태울 수 있음이니……."

"방법이 있다 하지 않습니까?"

"의명 의방을 말함이냐."

"달리 다른 곳이 있겠습니까."

의명 의방이라. 등산현에 위치한 그곳을 장문이라고 해서 모를 리가 없었다.

처음 들었던 곳이 진운 진인이 이끌고 있는 자소전에서였다.

그때까지만 하더라도 조금 신경 쓰이는 곳이겠거니 했다.

무당으로부터 그 무공이 연원되었으니 잘하면 호북 남쪽에서도 무당의 세력을 넓혀줄 만한 곳이 되어 주겠거니 생각을 했던 진흔이다.

때문에 선천생공을 전달을 해 주는 것도 딱히 마다하지 않았다.

어차피 무당의 세력이 될 테니까.

그런데 근래에 들어서는 무당과 제갈세가를 제외하고 호북의 새로운 세력으로 등장하는 상황이 자주 보이곤 한다.

"크흠……."

아무리 진흔이 속이 좋은 편이라고는 해도 새로운 세력을 용납하는 건 또 다른 문제 아닌가.

특히 저 속 모를 평온함을 가진 운선의 훗날을 생각하면 의명 의방의 영향력을 너무 키워주는 것도 문제다.

지금 정도가 딱 적당하지, 그 이상은 정말 새로운 세력의 출현이다.

다 운선을 생각해서 의명 의방에 방안이 있음을 알고도, 여태껏 다른 방도를 찾아보려 애써 봤던 것이 아닌가.

그런데 그 속도 모르고 먼저 의명 의방의 이야기를 꺼내어 들다니.

'어렸을 때는 분명 영특했는데……'

이제는 속을 모를 운선이기만 했다. 그가 입을 열었다.

"제자를 믿지 못하십니까?"

"네 믿음과는 다른 문제다."

"문제일 것도 없습니다. 장문께서 저를 제대로 보셨다면요."

"크흠…… 그런 문제가 아니잖느냐?"

"그런 문제입니다. 굳이 문제라고 한다면요."

젊은 날의 치기라고 하기에는 운선도 나이를 꽤 먹었다.

운선 뻘의 다른 도장쯤 되는 자들은 제자도 들인 자가 여럿이다. 당장 운인 도장만 하더라도 제자가 둘이지 않은가.

다들 무당의 실질적인 중추가 되어 가고 있으며, 동시에 핵심이 되어 가고 있다.

나이를 먹어가는 진 자 배 무당들의 뒤에서 힘을 쏟고 있는 것이 운 자 배의 무당 문인들인 것이다.

운선도 그런 중추다.

동시에 중년이다. 조금 일찍 결혼했더라면 손주가 있는 것도 이상하지 않을 나이다.

그러니 젊음의 치기라고 하기엔 그가 너무 나이가 많음을 장문 진혼도 충분히 알고 있다.

아직 제자 하나 들이지 않은 데다, 흔들림 하나 없이 평온한 모습만을 보이곤 해 묘한 사람 취급을 받기는 하지만 그래도 장문 후보는 후보다.

숨기고 있는 한 수가 분명 있으며, 가진바 무공도 결코 낮지만은 않은 걸 가장 가까이에서 본 장문은 알고 있다.

그런 운선이 장문을 직시하고 있다.

다른 무당 무인이었더라면 그 모습에 경을 쳐도 진즉에 치겠다만, 운선은 그에서 예외였다.

'수습이라. 아니 수습 이전에 자신의 손으로 키워 주는 격이지 않은가.'

대체 무얼 믿고 저러는 걸까. 아니면 운현과 마주하면서 그로부터 무언가를 얻기라도 한 걸까.

장문의 머리에 물음표가 그려져 간다.

장문 후보가 되는 자가 이 정도까지 이야기를 한다면, 그때는 어쩔 수 없다.

어쩌면 이게 언제나 여럿의 후보 중에 하나에만 머물러 있는 운선에 대한 최후의 시험이 될 수 있다는 생각이 장문의 머리에 스쳐 지나간다.

비록 도를 구하기 위해서 만들어진 무당이라지만, 살아가는 곳은 현실이지 않은가.

현실도 생각을 해야 했다.

난세에 사람들을 이끌고, 그 난세를 헤쳐 나가는 것 또한 무당 장문이 되기 위해서는 충분히 거칠 만할 시험.

'이참에 잘되었지.'

언제나 한발 물러나기만 하던 운선이 이참에 나서는 것도 그리 나쁜 문제는 안 될지도 몰랐다.

오히려 화를 복으로 삼는 능력만 보인다면야 완전한 장문 후보가 될 수도 있음이다.

"좋다. 대신 잘해 내야 할 게다. 그 의미는 너도 알지 않느냐?"

"여부가 있겠습니까. 인연이 닿았으니, 그 인연을 쌓아야 함은 당연한 이야기겠지요."

"그놈의 인연!"

괜스레 장문의 노호성이 터져 나온다.

그놈의 인연론. 인연이 불가의 전부는 아니라지만, 도가에

서 나올 만한 것은 아니었다. 인연에 관한 건 연원이 분명하
다.

불가다.

역시 운선은 도가 보다는 불가에 발을 디뎠으면 더 대성
을 했을지도 몰랐다.

"저도 꽤 바쁘게 움직여야겠습니다. 어쩌면 평생에 가장
바쁠지도 모르지요."

"허허."

허락이 떨어지자마자, 숨기지도 않고 기쁜 모습을 드러내
는 운선을 보며 장문이 작게 한숨을 내쉬어 본다.

'쯧…… 잘할는지.'

걱정인가.

나이를 먹어 특권이 있다면 그 젊음을 걱정해 줄 수 있다
는 것이다.

한숨 속에 운선이 움직인다.

그의 발걸음이 가장 처음 닿는 곳은 의외로 자소전이었
다.

第十三章
낭인의 폐해

항시 중심이 되는 의명 의방 그 가운데.

"하얏!"

"거기서는 더 빠르게요!"

"흐. 이것도 최고 속도입니다."

"가능할 겁니다. 어서요!"

"흐으…… 하아얏!"

심처가 되어 가고 있는 운현의 연무장에서는 무인들의 신음 소리가 끝날 줄을 몰랐다.

인명석은 지쳐 가고, 운현은 진지했다. 그 옆에 있는 삼권호는 무엇을 기다리기라도 하는 듯 기대 어린 표정이다.

"다시!"

"하아앗!"

"다시!"

"하앗!"

다시라고 울려 퍼지는 외침. 낭랑하게 펼쳐지는 기합성과 몇 번의 반복. 그게 다시 몇십 번.

'내가 저랬지.'

삼권호가 했던 그것을 인명석은 자신의 검법으로 다시금 펼쳐 나가고 있었다.

검으로 펼쳐서 더 알아내기 힘든 것일까.

시간이 지나면 지날수록 생기가 돌아야 할 운현이다.

무언가 알아낸 게 있으면, 모르던 문제를 알아낸 학자라도 되는 듯 잔뜩 흥분을 하곤 하는 운현이었으니까.

그런데 운현은 시종일관 진지함밖에는 보이지 않았다.

되려 시간이 지나면 지날수록 진지한 표정은 굳은 표정이 되어 갔다.

무언가 잘못된 것을 발견이라도 한 것처럼, 잔뜩 인상까지 찡그리고 있는 것은 덤이었다.

'여기서 폐해가 나오나.'

작은 문제라 여겼던 게 큰 것이라 밝혀지기라도 한 듯 그 모습은 계속해서 이어졌다.

"다시요."

"하악…… 하악. 이제는 내공이 없습니다."

무공이 강해질 수 있다는 말. 그 말에 인명석도 최선을 다하고 있었다.

하지만 오후가 시작되면서부터 밤이 찾아오려는 이 시간까지 계속해서 검을 휘두르는 건 그도 무리다.

게다가 중간에 끊어가면서 검을 내리쳐 갔으니 이만큼 버틴 게 용하다.

그런 인명석의 모습을 보면서 삼권호도 사람을 다시 봐야겠다는 생각을 했을 정도다.

권이 아니라 검으로 내리치면서도 자신이 했던 것 그 이상으로 해 나가니, 그동안은 급한 성격에 저런 진지함을 보지 못했구나 했달까.

하여튼 전혀 다른 모습을 보이는데도 운현은 시종일관 같은 모습이다.

"육체만으로라도 검을 휘둘러 보실 수 없습니까."

"그건 무립니다. 어차피 효과도 없지 않겠습니까?"

"흐음…… 그렇다면 이번에는 끊음 없이 계속해서 보여주시겠습니까?"

"그것도 역시 조금의 휴식은 있어야 합니다."

"전 식을 다 보여주시려면 얼마나 걸립니까."

"적어도 운기를 좀 해야 하지 않겠습니까."

답을 하면서도 인명석이 슬쩍 삼권호를 바라본다.

대체 운현이 왜 이러느냐는 태도다. 혹여나 삼권호도 이런 방식으로 했냐고 묻는 의미도 있었다.

'계속해서 반복만 하는 것이 아니었나⋯⋯.'

소문에 듣기로 삼권호는 계속해서 같은 초식을 끊어 쳤다고 들었다.

지금 운현이 원하는 것처럼 무공의 전체를 보여 달라고 한 적은 없는 것으로 안다.

운현이 구결을 알려달라고 하는 건 아니긴 하다.

하지만, 인명석이 알기로 운현은 그 나이 또래는 넘어선 지 오래인 고수 아닌가.

그게 문제다.

게다가 그에게 덤벼들던 자들이 워낙 많으니, 실전도 충분히 겪은 것으로 알고 있다.

자신처럼 낭인 행세를 하면서 치고받고 개싸움을 한 경험을 말하고자 한 것이 아니다. 그런 개싸움은 고수끼리의 싸움에서 전혀 통용되지 않으니까.

그런 경험을 제외하고, 소문으로 난 것만 하더라도 꽤 여럿 실전을 치른 운현이다.

실전으로 경험도 풍부하다. 그와 더불어 경지도 드높다.

의술의 깊이도 깊어 인체에 대해 잘 알 게 분명하다.

'소문으로 기감도 대단하다 하셨지?'

삼박자를 넘어 사박자다.

그런 운현이 자신의 무공 전체를 보게 된다면 파훼하는 건 정말 쉬운 일이 되지 않을까?

아무런 정보 없이 상대를 한다고 해도 승리를 하는 쪽은 운현이 될 거다.

그런 상황에서 초식까지 보게 되면 이기는 수준이 아니라 파훼 수준으로 가게 될지도 모를 일이다.

'아무리 무공을 탐낼 분은 아니라고 하지만서도…….'

인명석 자신이 익히고 있는 영환비검이 대단한 무공은 아니긴 하다.

대성해서 일류가 되는 무공이 무림 전체에서 알아주는 무공이 될 수는 없지 않은가.

그렇다고 저잣거리에서나 구할 별거 아닌 무공도 아니다. 나름 낭인 출신인 그로서는 인생을 바칠 만한 무공이다.

그에게는 그러니 영환비검이 인생 전부라 해도 과언이 아니다.

비슷한 실력을 가진 무인, 혹은 자신의 제자가 될지도 모를 아이들 정도에게 보여 주는 건 일도 아니라지만 왠지 꺼림칙하다.

신의라고 하더라도, 목숨을 내놓을 만큼 충성을 하는 건 아니니까.

삼권호라면 또 모르겠지만 자신으로서는 아니다. 언제고 그런 날이 올지는 모른다고 하더라도 지금은 아닌 것이다.

그러니 전부를 줄 수 없다. 그러다 보니 자연스럽게 이리 눈치를 보는 거다.

다행히도 삼권호는 그의 그런 눈치를 바로 알아챈 듯했다.

성격 급한 인명석과는 성격이 전혀 다른 정적인 삼권호지만, 낭인 일을 했다는 공통분모는 있지 않은가.

안 그래도 배려가 깊은 삼권호가 그 사실을 모를 리가 없다.

"신의님."

"예?"

"잠시 인명석 이 친구는 운기라도 하게 두시고, 이야기 좀 나누는 게 어떻겠습니까?"

"흐음……."

"이 친구도 많이 힘들 겁니다. 저도 그랬지 않습니까?"

"그야 그렇지만…… 아."

운현도 인명석과 삼권호를 살펴본다. 그제야 운현도 분위기가 묘하게 돌아가고 있다는 걸 눈치챘다.

'이런……'

실수했다.

이유에 대해서 제대로 설명을 했더라면 인명석도 인정을 하고 도와줄 터인데.

평소라면 이런 실수를 벌일 일도 없었을 텐데 확실히 실수다. 자신도 모르는 문제를 발견하게 된 덕분에 이 꼴이 나 버렸다.

알았다면 수습을 해야겠지.

"그럼 우선은 운기를 하고 계셔주겠습니까?"

"후우. 알겠습니다. 그럼……."

운현은 땀이 뻘뻘 나는 인명석부터 운기에 들어가도록 하게 했다.

설명을 할 때 하더라도, 이왕이면 제대로 된 정신 상태에서 듣는 것이 편할 일이니 내린 조치다.

'그도 그렇게 되고 싶어서 된 건 아니니까.'

따지고 보면 인명석이 잘못하자고 잘못한 것도 아닌데 자신이 너무 진지했다.

고오—

일류는 내가로 따낸 게 아닌지 금세 운기에 들어가는 인명석이다. 운현만큼은 아니더라도 주변의 자연진기를 잔뜩 빨아들이며 운기를 한다.

무공을 당장 전부 보여 줄 수는 없어도 적어도 운기 중에 무슨 일이 날 거라곤 생각지 않은 듯했다.

그나마 그 정도의 신뢰는 있는 듯해 다행이었다.

'휴우…… 한 걸음씩 나아가야 하거늘. 마음만 급했어.'

그런 인명석을 한 번 보고는 운현이 자신을 자책한다.

그 뒤 수습을 위해서 바로 옆에서 걱정스레 바라보는 삼권호를 다시 본다.

"잠시 이야기 좀 하지요."

*　　*　　*

운기 중에는 주변의 소리를 들을 수 없다. 상식.

하지만 신경이 쓰이는 둘이었기에, 운기에 빠져들어 간 인명석을 두고는 연무장 한편으로 발을 옮겼다.

약 오 장 거리. 꽤 긴 거리다.

무인이 들으려면 들을 수 있는 거리긴 하지만 심리적으로는 충분히 길게 느껴졌다.

"대체 왜 그러신 겁니까? 평상시 신의님답지 않았습니다."

평상시의 그답지 않은 모습을 책망하는 눈빛이다.

요 사이 운현과 가까워진 것이 있기에 이런 눈빛도 보낼 수 있는 것이리라. 전이라면 무리였다.

운현도 그의 마음을 알기에 조심스레 입을 열었다.

"알고 있습니다. 생각지도 못한 문제가 있어 그랬습니다."

"생각지도 못한 문제요?"

"예. 전에는 몰랐습니다만…… 이제는 확실히 알겠더군요."

"무엇입니까?"

운현이 지금 하는 일이 의방을 위한 일임을 안다.

더 강해져야만 이 난세에서 나올 희생을 조금이라도 줄일 수 있다 말하는 운현의 말에 공감하는 삼권호다.

그렇기에 그도 덩달아 같이 진지해졌다.

"자세입니다. 아니, 습관이라 하는 게 정확할까요."

"습관이나 자세라…… 흐음……."

그가 생각에 잠겨 든다.

"설마……."

그러곤 그도 예상하는 바가 있는 듯, 뭔가 눈치챈 얼굴을 했다.

"처음 삼권호 대협을 가르칠 때는 몰랐습니다. 아시다시피 낭인 출신이시면서도 그 색이 많이 배시지는 않았죠."

"그랬습니까? 그 이전에 대협이란 말은 안 하시기로 하셨잖습니까?"

"습관이라 해 두지요."

"과례도 예가 아니라 했습니다. 어쨌거나 저도 이곳 의방에서 일을 하는 처지잖습니까."

"지금 중요한 건 그게 아니잖습니까? 일단 그것은 넘어가도록 하지요."

"거참…… 우선은 넘어가겠습니다. 우선은요."

존대를 하는 건 운현의 습관.

몇 번이고 말을 했지만, 고치지 못한 운현의 모습에 난색을 표한다.

"그게 문제였던 거군요. 자세."

"예. 너무 늦게 알아 버렸을지도 모르지요. 저 또한 표국 출신이니……."

"표국의 표사나 무림의 낭인이나 비슷한 게 있기는 하지요."

"그래서 늦게 알았습니다. 그리고 오늘 수련으로 눈치챘지요. 인명석 대협도 자세가 안 좋습니다. 자세가."

"그게 그리 문제가 됩니까? 아니 이제 와서는…… 확실히 문제가 되겠군요."

"그런 겁니다."

운현이 이통표국 출신임은 호북이 다 아는 이야기다.

이제는 이통표국을 넘어 등산현의 자랑인 운현에 대해서 모른다면 그게 더 이상한 이야기다.

그리고 그 출신이란 게 문제가 됐다.

'중소문파 출신은 차라리 나아.'

반쯤은 운현의 스승이나 마찬가지인 고 표두.

지금도 표국에 있으며 온갖 대소사를 함께하는 그.

그가 처음 속한 곳은 등산의 중소문파다. 그곳 출신이고 지금도 적절히 기부금을 내주고 있다. 그게 문문파다.

중소문파지만 지금에 이르러서는 꽤 탄탄해졌다. 먼저 말한 기부금 덕분.

그들은 무인들을 키우고, 그 무인들을 이통표국에 보낸다.

표국은 표사를 확보하고, 문파는 기부금을 확보함으로써 서로 득을 본다.

'덕분에 표국의 많은 표사가 문문파 출신들로 돼 있지.'

다른 문파도 마찬가지다. 여러 중소문파가 그런 식으로 이통표국의 영향 아래 있다.

괜히 이통표국의 영향력이 커진 게 아니다.

그런 중소문파 출신의 표사들을 제외하고, 가장 많은 표사들을 차지하는 자들?

뻔하잖은가. 낭인 출신의 무인들이다.

대다수의 표국이 그러할 거다.

그 지역을 기반으로 한 중소문파 출신 아니면 낭인.

그나마도 그 지역에 영향력이 없는 곳은 죄다 낭인 출신일 정도다.

그들을 모아 표국을 세워도 많은 이들의 협잡질을 버텨나가고, 온갖 더러운 짓도 마다하지 않아야 할 때가 꽤 된다.

표국이란 걸 만드는 거 자체가 그리도 어려운 일이다.

그래서 운현이 못 봤다.

"분명 살기 위해서 몸에 밴 걸 겁니다."

"그렇죠. 그래서 지금껏 당연하다고 넘어갔던 걸지도 모릅니다."

운현이 절정을 넘었다지만, 무림에서는 일류만 돼도 고수다.

이류만 돼도 운이 좋으면 어지간한 무관에서 무공 교두쯤은 하고 먹고사는 경우도 꽤 된다.

삼류야 무인이라고도 치지 못할 자가 많기는 하지만, 이류에서부터는 무공의 형에 태가 나고 기운이 실리는 게 되니 그나마 무인으로서 먹고산다.

하지만 이것도 그나마 운이 좋아야 가능한 일이다.

대다수의 무인?

'사지 한가운데 서 있지.'

은자 몇 푼. 양민에게서는 평생 쥐기도 힘든 돈이기도 하지만, 그 몇 푼에 낭인은 목숨을 건다.

매 순간, 매 의뢰마다.

사람 대우도 받지 못하면서 백정 취급을 받음에도, 그걸 묵묵히 견디면서 의뢰를 해치우곤 하는 자가 낭인이다.

그나마도 사파의 낭인들은 쉽게 중소문파에 들어가기도 하기는 한다.

운이 좋아서가 아니다.

말이 좋아 중소문파의 일원이 되는 거지 방패막이다.

재수 없어서 항쟁이라도 일어나면 가장 먼저 죽어 나자빠지는 방패막이.

그나마 운 좋게 들어간다고 해도 하는 게 딱 그 정도다.

정파에 있는 낭인?

올곧은 정신을 가진 낭인?

살아남기 힘들다.

매번 사지를 걸어 다닌다는 거. 그나마 가지고 있는 검 한 자루에 모든 걸 건다는 게 어떤 삶일지는 상상이 가지 않은가.

자신이 선택한 일이지만, 기댈 곳도 없이 떠돌아다니며 올곧은 정신을 유지하고, 살아간다는 것.

'쉬울 리가 있나…….'

운현의 의방에 들인 자들의 수만 봐도 뻔하지 않은가.

의방이 돌아가기 시작하고, 많은 돈을 들여 개방과 하오문에 의뢰를 해서 얻은 낭인들인데도 그 수가 많지 않다.

차라리 중소문파에서 유입을 시켰더라면, 이보다 많은 수가 생기기야 했을 게다.

하지만 등산현 출신 대부분은 이통표국에가서 표국일을 하는바.

적어도 의방은 대부분 낭인으로 채울 수밖에 없었다.

그리고 덕분에 수가 적다.

올곧은 정신으로, 올곧게 무공을 익히며 살아가는 낭인이란 희귀하다못해 살아남기도 힘드니까.

고로 운현의 의방에 있는 낭인들은, 실력도 있으며 정신이 올곧아 고르고 골라 뽑은 자들.

무에 대한 재능의 고하를 떠나서 살아남았다는 것 그 자체가 대단한 사람들이다.

다시 태어난 운현이었다지만, 그들과 같은 처지였더라면 과연 자신이 살아 남아 있을지 장담도 못 할 사지를 헤쳐 나온 자들이다.

'무공의 고하를 떠나 괴물들⋯⋯.'

하지만 사지를 떠돌며 살아남았기에 어쩔 수 없이 몸에 밴 자세와 습관들.

다른 이유도 없다.

오직 살아남기 위해서, 정신은 올곧을지언정 그들은 잘못된 습관을 몸에 길들여야 했다.

손에 흙이 쥐어지면 흙을 뿌려야 했고.

뒤에서 칼이 들어오는 걸 막고자 먼저 뒤에서 칼을 꽂아야 할 때도 있을 거다.

무림이란 건 그런 곳이니까.

정파든 사파든 그 어떤 영역을 떠나도, 저 아래에 있는 낭인들의 무림이란 건 그만큼 치열하다.

살아남기 위해서 행한 것.

그게 그들의 발목을 잡을 줄이야.

이런 말을 결코 해 주고 싶지는 않지만, 운현으로서는 말을 하지 않을 수가 없었다.

"하급 표사나, 낭인은 어쩔 수 없이 살려고 발버둥을 쳐야 하지요."

"당연한 이야깁니다."

"그게 절정으로의 길을 막고 있습니다. 하…… 제가 이런 말을 할 줄은 몰랐지만 할 수밖에 없군요."

"그게 어찌 신의님 잘못이겠습니까. 어쩔 수 없는 거 아닙니까."

"어쩔 수 없다라……."

자세와 습관이 절정을 막고 있다. 너무도 꼰대 같은 말이지 않은가.

그런데 그 말을 하지 않을 수가 없다.

삼권호, 고 표두.

그런 자들은 차라리 하급 무사에서부터 시작을 하더라도 어찌어찌 자세와 습관을 잘 잡아 왔다.

하지만 인명석은? 아니다.

사지를 헤쳐 나오면서 살아남은 그는 자세가 제대로 배어 있지 못하다.

살아남기 위해서 검을 휘두르다 보니, 살기가 짙어도 너무 짙다.

호방한 성격과 급한 성격의 아래에 가리어진 살의라고 하는 것이 그의 발목을 잡고 있다.

'모든 무인이라 하는 자들이······.'

도가든, 불가든 그런 무언가 도를 얻으려는 정신을 가질 필요는 없다.

하지만 올곧은 정신 아래에, 그를 표출할 만한 올곧은 무인의 자세는 가져야 했다.

흙을 뿌려 한 수를 유리하게 만들 수 있어도, 흙을 뿌려선 안 됐다.

발목이라도 잡아채어 적을 죽일 수 있어도 그래선 안 됐다.

몸의 중심인 급소에 한 방을 먹이면 승리할 수 있다고 해도 그러면 안 되었다.

자신의 무공을 위해서. 자신의 올곧은 정신을 무인으로서 제대로 표현하기 위해서는 그래선 안 됐다.

하지만 저들이 무슨 죄인가.

'단지 살아남기 위해서……'

정파인들이 혐오하는 한 수를 날리는 게 그리 죄인가.

살아남자고, 더러운 수를 쓰는 상대를 향해서 흙 한 번 날리는 게 더러운 수인가. 단지 살아남기 위해서 했을 뿐이다.

인명석도, 다른 낭인들도 모두.

그나마 그런 사지에서 살아남으면서 올곧은 정신을 유지하고 산다는 거 자체가 존경받을 만한 일이지 않은가.

그런데 꼰대같이 말해야 한다.

그래서는 안 되었다고.

'빌어먹을.'

참으로 더러운 세상이다.

살아남기 위해서 한 일이 높은 경지로의 길을 막다니.

그 더러운 사지 한바탕 가운데에서 정신을 지켜 온 무인의 앞이 가로막히다니, 그만큼 빌어먹을 일이 또 있으랴.

'인명석, 우한철, 이칠아…… 왕훈.'

운현의 머리로 의방에 몸을 담은 낭인들의 이름이 스쳐 지나간다.

그들 모두 대다수가 인명석처럼 제대로 된 자세를 가지지 못했겠지. 살아남기 위해서 그런 게 몸에 배었을 거다.

삼권호의 말대로 어쩔 수 없는 일이다. 분명히 운현의 죄는 아니다.

그래도 입이 썼다.

'어쩔 수 없다라고 하고 넘어가고 싶지는 않으니까.'

어쩔 수 없는 일이다. 자신의 손을 떠났다.

그런 되지도 않는 핑계를 대고 살려고 살아 온 자신이 아니니까 입이 쓸 수밖에.

할 수 있다면, 해내려고 살아왔던 자신이 아닌가.

그래서 여기까지 왔고, 의명 의방은 확장을 하고 있으며 많은 이들이 그 덕분으로 더욱 나아가고 있지 않은가.

의명 의방, 이통표국, 등산현.

그 안의 많은 이들로서는 생각지도 못한 일을 지금까지 해 왔다.

그래 놓고서 지금에 와서 어쩔 수 없는 일이니까 못하겠습니다. 라고 말하기에는 운현의 자존심이 허락지 않았다.

자신들과 인연이 닿은 사람들이니까.

자신과 함께하기로 한 의방의 사람들이니 더더욱!

'그러니 해야겠지?'

좀 귀찮은 일이 될 수도 있다. 당장 많은 이들이 혜택을 보지 못할 수도 있다.

차라리 운현이 무공을 고쳐서, 혹은 막힌 곳을 강화를 해줘서 더욱 강하게 만드는 게 맞는 길일 수도 있다.

고행을 해야 했다. 해도 해도 끝이 없는 고행이 예상된다.

그럼에도 운현은 자신에 대한 다짐을 확고히 하면서 삼권호에게 자신의 결심을 건네었다.

"이런 유의 일은 전통적인 해결법이 있기는 하지요."

"설마 제가 생각한 그것은 아니지요? 가장 효과는 있겠습니다만은······."

"왜 아니겠습니까? 가장 단순하지만, 가장 효과적이지요."

"······실전과 같은 대련."

"네. 그겁니다."

"하. 꽤 고생들 좀 하겠군요."

실전.

사지 안에서 한바탕 벌이던 실전 덕으로 나쁘게 밴 습관은 실전 같은 대련으로 바꾸면 된다.

사지에서는 먹히던 더러운 수를 깎아내고, 분쇄하며, 다시는 펼치지 못하도록 호되게 대련을 벌이면 될 일이다.

그 과정에서 분명 힘듦을 느껴 지치는 자들도 있겠지.

많은 문제들이 생길 거다.

회의감을 느끼는 자도 있을 거다.

여태껏 잘 살아왔는데 왜 이제 와서 그러느냐고 하는 자도 분명 있을 거다.

그들을 위해서 하는 일임에도 생각지도 못한 많은 생각들이 부딪쳐 올 수도 있다.

그래도 해야 했다. 그들 중에서 깎고 또 깎아 내다 보면, 옥석이 더 가려질 거다.

그리고 그런 자들을 토대로.

'무공을 강화하면 한층 더 효과가 있겠지.'

제대로 습관이 들고, 좋은 자세를 가진 자들로 교정을 하고 추리다 보면 된다.

이제 와서 보니 그거야말로 의방의 질적 전력을 끌어 올리는 데 최고인 방법이다.

그것도 아주 단시간 내에!

"어디 저만 고생하겠습니까? 대협도 같이해 주셔야죠."

"저도 말입니까? 저는 습관이 그리 나쁘지는 않습니다만은."

"그러니 같이해야 하는 겁니다. 같이 나쁜 습관을 때려잡아야 하지 않겠습니까?"

"크흐……."

한바탕 고생길 뒤에 낙이 오나 했더니. 다시 고생길이구
나.

라고 생각하는 삼권호였다.

第十四章
무제한 대련

인명석.

그의 애병이나 다름없는 멋들어진 검은 이미 연무장 한편에 놓인 지 오래다.

처음에야 애병을 두고도 다른 걸 들어야 하는 상황에 푸념을 날렸다지만, 지금은 아니다.

그런 푸념조차도 사치였다.

"다시 오시죠."

"히야앗!"

저기 저 앞에서 무심한 눈빛을 하고 있는 자.

자신의 윗줄. 충성을 맹세한 것까진 아니더라도, 자신에게 보금자리를 마련해 준 자. 어쩌면 앞으로 충성을 할지도 모를 사람.

운현.

그를 향해서 인명석이 다시 몸을 날린다.

낭인이어서 이래저래 치여 살기는 했지만, 일류에 이르러서는 나름 풍류를 누리고 있다고 자부하던 인명석 아닌가.

하지만 지금 그의 모습은 오래전 낭인이 처음 됐을 때의 그 모습과 다름이 없었다.

악귀.

살아남기 위해서는 무슨 짓이든 하던 그.

그가 아래 속에 숨기고 더 숨겨, 가면으로 가리어 놓았던 살의를 잔뜩 꺼내어든다.

'지기 싫으니까.'

아니, 지더라도 저 무심한 눈으로 자신을 쉽게 막아서고는 하는 운현에게 한 방 먹이고 싶으니까!

타다다닷—

영환비검에 같이 담겨 있던 경신법을 사용하여 몸을 날린다.

왼쪽에서 오른쪽, 다시 왼쪽.

규칙 없어 보이는 몸놀림이지만, 이 불규칙 속에 규칙이 있었다.

그가 만든 규칙이다.

정적이기만 한 자신의 영환비검의 경신법에 따로 담아 놓은 그만의 방식.

불규칙적으로 보이게 움직임으로써 상대의 눈을 흐리게 하고, 덕분에 그의 목숨을 몇 번은 구해 주었던 경신법이다.

분명히 그랬는데.

'왼쪽…… 다음은 다시 왼쪽! 그리고 빈틈을 노리면!'

저 무심한 낯짝에 한 방 먹일 수 있지 않겠는가.

언제나 자신을 물리쳐 버리는 저 운현에게 딱 한 방!

한 방만 더 먹이면 소원도 없다!

그런 마음가짐으로 자신이 사용할 수 있는 모든 수법을 사용하여 달려드는데,

"……그런 건 안 좋다고 했잖습니까."

그는 여전히 무심했다. 자신이 한 방 먹이기 전에는 절대로 그 무표정을 풀지 않을 것처럼!

그러고는,

퍼어어억—

그 무심함만큼이나 강력한 한 방을 자신의 복부에 그대로 갈겨버린다.

"크흡……."

아침에 뭘 먹었더라?

의방 숙수 어르신이 아침부터 힘내라고 잔뜩 힘써서 만들어 줬던 거 같은데. 춘권 따위가 아니었다고!

낭인으로 뒹굴 때는 먹지도 못하던 그런 맛있는 요리였단 말이다.

'크으…… 안 돼.'

그 맛있는 요리가 뭔지 이 연무장 한가운데에서 확인시켜 줄 수는 없다!

그런데 어째서 운현의 주먹에 한 대 맞은 복부에서는 확인을 시켜주고 싶어 안달이 났단 말인가!

"크……."

"이런…… 버티시면 더 고통스러우실 텐데. 쉬세요."

그제야 무표정이 풀린 채로 안타깝다는 표정을 하고 있는 운현과 눈이 마주친다.

자신이 잔뜩 고통스러워하는 모습이 안타깝기라도 한 건가! 그러면 애시당초 복부에 한 대 갈기지를 말든가!

"무, 무……."

어떻게 쉬게 하려고? 설마? 전처럼?

아, 안 되는데!

다시 이타.

후우우웅—

소리부터가 매섭기만 하다. 저게 전력을 다한 것이 아니라는 게 아쉬울 만큼!

퍼어어억—!

'제, 젠장 할······.'

역시 이럴 줄 알았다.

이렇게 가차 없을 줄 알았단 말이다!

어째서 평상시는 신의라는 이름에 딱 맞는 인자한 사람이 연무장에만 서면 이런단 말인가!

꺼져 가는 정신의 아래로 평생에 풀 수나 있을까 싶은 숙원을 담아 본다.

'내, 언젠가는······ 언젠가······꼭 한 방 먹여 줄······.'

동시에 인명석의 정신이 점멸하듯 꺼져 버린다.

*　　*　　*

쿠웅—

연무장 아래로 인명석의 몸이 떨어진다.

평소 단련을 게을리하지는 않은 그다. 덕분에 덩치가 크진 않아도 울리는 소리에 깊은 무게가 있었다.

두텁지는 않아도 살아남기 위해 쌓은 근육이 그의 몸을 가득 채우고 있는 덕분이다.

"후······."

"저, 저런……."

하지만 쓰러지는 인명석을 보는 사람들의 눈이 석연찮다.

심한 경우에는 몸을 부르르 떠는 자도 있을 정도였다.

'몇 타였지. 제대로 못 봤다.'

'적당히가 없는 분인 건가.'

'저런 분은 아니셨던 걸로 아는데……'

무인들은 운현이 보인 한 수, 한 수에 놀랐다.

신의인 것도 알고, 절정인 것도 안다. 그의 실전 경험이 많은 것도 알지만 역시 머리로만 안다.

백문이 불여일견이라는 말이 괜히 있는 건 아니잖은가.

역시 머리로만 아는 것과 보는 건 달랐다.

들은 바가 있기는 했지만, 이건 제대로 보니 자신들 여럿이 달려들어도 안 되고도 남을 것이지 않은가.

인명석이 방금 벌인 것이 실전이었더라면?

죽었겠지.

힘을 더 줬으면 내장이 터져 피가 줄줄 흘렀을 거다.

아니면 고수이니 피가 튀지 않게, 내부에서부터 혈도를 다 터트려버릴 수도 있겠지.

그보다 더 깔끔했더라면 장법을 날려서 오기도 전에 작살을 내났을지도 모른다.

피를 즐기면 즐기는 대로, 즐기지 않으면 않는 대로 죽이는 방법이 수도 없이 머릿속에 떠올랐다.

혈전을 몇 번이고 벌여 보았던 경험이 있는 낭인 출신이기에 더욱 쉬이 떠올렸다.

아주 쉽게, 바로 눈앞에서 펼쳐지는 것처럼.

'생각만 해도 아찔하다.'

하나같이 운현이 강함을 알았다.

아니, 정확히 알게 됐다는 표현이 더 맞겠지.

또한 인명석을 바라보면서 곧 자신들의 차례가 올 거라 생각하니 몸이 부르르 떨리는 것도 무리도 아니다.

그 옆에 자리한 의원들은,

"……우리가 저런 분한테 달려들었던 건가?"

"크흠. 조금은 자제하는 것도 좋겠으이."

무인들보다 그 두려움이 적기는 했다.

운현의 한 수, 한 수에 담겨 있는 거력과 깊이를 읽기에는 영역이 달랐다.

그들이 파고든 것은 의술.

운현의 침술과 약학에서 나오는 깊이에 감탄을 할지언정 그의 무공에 감탄을 하기엔 방향이 달랐다.

그래도 뭔가 슉—하고 나아가면, 퍽하고 사람 하나가 무너지니 대단은 하구나 정도는 생각은 했다.

거기에 더해서 생각지도 못한 운현의 모습을 보고서 약간은 자제하겠다고 생각한 건 덤이다.

무엇을 자제하냐고?

의명총의서가 하나씩 갱신이 될 때마다 운현을 못 찾아서 성화이지 않았는가.

그들은 머리를 싸매고 작은 무언가라도 성과를 낼 때마다 운현을 찾았다.

자신들이 이만큼 노력했으니 봐달라는 의미도 있고, 운현 으로부터 확인도 받고 싶어서다.

그 짓을 시와 때를 가리지 않고 했다.

운현이 저리 무서운 줄을 모르고 한 일이다.

무인들보다도 무공에 대해서 모르는 데다, 운현을 무인이 아닌 같은 의원으로서만 대하다 보니 벌일 수 있는 만행(?) 이었달까.

그런데 이제 와서 보니,

'잘못해서 성질이라도 뻗치시면······.'

'자꾸 봐달라고, 들러붙으면 안 되겠군. 잘못하면 찍히겠 어.'

보통이 넘지 않은가.

달라붙는 것도 좋지만 몸을 좀 사려야겠다는 생각이 드는 의원들이었다.

의술을 제외하고는 양민들과 같은 몸을 가지고 있으니 그들이 그런 생각을 하는 것도 무리가 아니긴 했다.

　연무장 한가운데 서 있는 운현. 거기에 쓰러진 인명석. 그리고 그들을 바라보는 의원과 무인들.

　이들을 이끌어 가고 있는 운현이기는 하지만,

　'어휴……'

　의원은 의원, 무인은 무인대로 어째 마음에 걸리고 가르쳐야 할 것투성이라는 생각이 드는 그였다.

　한참 이뻐 보이기만 할 때도 있기는 하다.

　하지만 지금처럼 자기 할 일은 내팽개쳐 두고 멍하니 있으면 이뻐 보이던 것도 사그라들 수밖에 없었다.

　해는 쨍쨍하니 뜬 땡볕인데 더 있다가는 아무리 튼튼한 무인이라고 하더라도 골병든다.

　운현이 한숨을 내쉬었다.

　"장 의원님."

　"넵!"

　기합이 잔뜩 들어갔다.

　젊을 적 고생도 안 했을 것 같은, 곱게 늙어가는 중년인데도 기합이 팍팍 들어간 게 눈에 보일 정도다.

　운현의 뜻에 감화되어 왔지만, 지금 순간은 그도 적응이 힘든가 보다.

"데려가시죠. 갈빗대는 안 부러지게 했습니다. 대신 장에 좀 무리는 갔을 겁니다."

"그, 그렇습니까?"

"네. 조절했지요."

"……조절이로군요."

운현이 고개를 끄덕인다.

그에 장 의원은 조금 질색한다. 부상을 입혀놓고도 뭐 저리 무감각하게 말을 한단 말인가.

들어 보니 몇 날 며칠을 두고서 요양할 거는 아니긴 하다.

잘해야 반나절이나 하루 정도 쉬면 다 나을 수도 있다.

어쨌거나 멀거니 쓰러져서 입을 헤—벌리고 있는 인명석도 무인은 무인이니까.

자신들 같은 의원들이야 며칠 고생할 것도 반나절이면 쌩쌩하니 낫는 게 무인이다. 모든 게 내공 덕분.

그래도 저건 해도 너무하다.

"네. 그러니 적어도 반 시진 내에는 치료해 주셔야, 다음도 되겠지요?"

"그럼요."

반 시진. 운현이 방금 장 의원에게 낸 과제다.

'무인들이 애쓰는데, 같은 의명 의방에 있는 의원들이라고 놀고만 있을 순 없지.'

그게 운현의 생각이다.

사실은 이곳에 있는 의원들을 제외하고 다른 의원들은 해가 쨍쨍한 이 시간에도 의방의 일로 바쁘긴 하다.

약을 제조해야 했고, 환자들을 돌봄은 물론이고, 새로 오는 환자들의 치료를 위해 애써야 했다.

그러고도 남는 의원들은 보통 의명총의서를 고치는 데 빠져 있었다.

하지만 그런 의원들을 데려온 장본인이 바로 운현이다.

놀고만 있게(?) 하고 싶지는 않았으니까.

대련을 벌이다 보면 환자가 생기지 않겠는가.

그걸 치료하다 보면, 여러 가지로 환자를 치료하는 데 이골이 날 거다.

'그걸 좀 조절하는 거지.'

외상은 자신이 최대한 조절을 할 것이니, 내상을 치료하는 데 아주 이골이 나겠지!

자잘한 내상을 계속해서 입는 무인들을 상대할 수 있다니.

다른 데서 구할 수 없는 귀한 표본이 되는 거다!

의방의 의원들이 조금 섬뜩해하는 게 문제긴 하지만, 어쩌랴. 나쁜 짓 하는 것도 아니고 눈 한 번 질끈 감고 의지를 불태우면 될 뿐이다.

"그, 그럼 저리로 데리고 갑니까?"

"흠…… 무겁겠군요. 우한철 대협이 도와주시죠."

"넵!"

옆에 있던 무인 우한철이 기합이 잔뜩 들어가 대답한다.

"으차. 이 양반 꽤 무겁구먼."

움직임이 과장된 편인 우한철이 잔뜩 심호흡을 내뱉으며 쓰러진 인명석을 든다.

"으으……."

정신을 차린 건지, 못 차린 건지 알 수 없을 신음을 내뱉는 인명석.

'내가 그 마음 잘 알지…….'

당장은 자신의 차례가 아니지만 언제 또 자신도 이런 모습으로 바뀔지 누가 알랴.

우한철이 그런 인명석의 내심을 읽으며 어깨에 들쳐 멘 인명석이 최대한 편하도록 배려한다.

'됐군.'

그런 둘을 가만 바라보던 운현.

그가 우한철을 뒤따라가는 우진과 장 의원을 향해서 외친다.

"아, 그리고 우진 의원님도 잘 봐주셔야 합니다? 반 시진 내로는 되도록 지도해 주시죠."

"여부가 있겠습니까."

"그럼 두 분 잘 부탁드립니다."

"네, 넵!"

뭐 저리 잔뜩 긴장을 하는 건지.

오늘만 하더라도 몇 번은 더 봐야 할 텐데도, 저리 긴장을 해서야 할 수 있는 치료도 못할 게다.

'어쩔 수 없지.'

사람은 적응의 동물.

처음 몇 번이야 잔뜩 긴장을 하겠지만 적응을 하면 다 할 수 있는 게 사람이다.

그만큼 적응이란 건 무서운 거니 지금 당장은 안 되더라도, 시간이 차차 해결해 줄 게 분명했다.

"거기보다는 흉부부터 하는 게 어떻습니까."

"그래도 내상 아닙니까? 작더라도 급한 건 처리해야죠."

"흐음……."

우진과 장 의원이, 인명석을 데리고 내상 치료 실습(?)에 전념하는 걸 가만 바라보던 운현이 시선을 돌린다.

잔뜩 긴장한 얼굴로 운현을 바라보는 무인들을 향해서다.

인명석을 처리했으니 다른 무인들도 처리를 해야 했다.

"먼저 하고 싶은 분?"

"……."

"커흠."

역시. 아무도 자원을 하는 자가 없다.

처음 이 짓을 할 때는 고수인 자신과 대련을 벌일 수 있다는 것에 환호를 하더니 지금에 와서는 이 꼴이다.

'좀 심하긴 했지.'

낭인일 때의 나쁜 습관.

살기 위해서 벌였던 습관이 아주 조금이라도 튀어 나올 때면 작살을 내놨다.

고수들끼리의 수 싸움에서는 그런 허접한 한 수가 득이 되기보다는 오히려 독으로 작용한다는 걸 몸으로 새기기 위해서다.

그랬더니 저 꼴이다.

"에휴."

운현이 한숨을 내쉬자 다 큰 무인들이 잔뜩 얼어서 움찔한다.

그 모습이 제법 재미있는 모습이기는 했지만, 여기서 그 모습을 즐기고 있을 자는 아무도 없었다.

운현과 죽이 잘 맞는 삼권호마저도 오전에 있었던 몇 번의 대련 끝에 반쯤 탈진하고 있을 정도지 않은가.

낭인들 중에서 가장 습관이 적어, 운현과 같이 대련을 맡고 있는 주제에 벌써 지쳐 버린 게다.

그니까 저만큼 버틴 걸 알고 있기는 하다.

그래도 삼권호가 저리 멍하니 있는 동안은 자기 혼자 대련을 책임져야 하니, 그를 보는 시선이 그리 곱지만은 않은 운현이었다.

"흐음……."

삼권호를 지나, 이칠아를 본다.

그가 움찔한다.

인명석을 보면서 며칠 전 대련으로 운현에게 호되게 당한 게 떠오른 거겠지. 이해가 갈 만했다.

'제법 매섭기는 하지만…… 습관이 아주 나쁘진 않아.'

다행히 이번 차례는 그는 아니었다.

그는 낭인치고 나쁜 습관이 그리 많지 않았다.

삼권호만큼은 아니어도 제법 길이 잘 들었다. 그러니 그는 일단 넘어가고.

이칠아 옆에 있는 자는, 왕정.

중원 어디에나 있는 흔한 이름이지만 그는 꽤 특별했다.

무공에 대한 재능은 최상에 가까웠다.

지금은 서른 줄에 들어가지만 십 대 시절 제대로 된 스승만 만났더라면 인생이 달랐을지도 모른다.

꽤 고강한 무공을 가진 무인이 되었으리라.

하지만 인연이 닿지 않아서 그 역시 가진바 무공이 변변찮았다.

제대로 된 무공도 아니고 반푼이를 얻었다던가.

그래도 그런 무공을 가지고 살아남고자 애쓰다 보니 나쁜 습관이 꽤 들었다.

아주 잔뜩!

재능은 특출난데 그 재능을 제대로 살리지 못하는 격이다.

그래도 특출난 재능을 살려서 제대로 된 전장의 검을 익혀 가긴 했다. 전검이 그의 특징이다.

조금만이라도 제대로 길을 들여놓는다면 훨훨 날 만한 게 그다.

그러니 이제는 살아남기 위해서 만들었었던 습관을 확실하게 뜯어고쳐야 했다.

몸에 배어 있는 습관의 전부를 물을 빼야 했다.

"다음은 왕정 대협님이 좋겠습니다."

"저 말입니까? 오오. 드디어 제 차례로군요."

다행인 건 그는 대련을 마다하지는 않았다.

좀 꺼림칙한 기색을 보이기는 했어도, 전검을 익혀 가는 그답게 싸우기를 즐겼다.

마음껏 힘 하나 빼지 않고 실전처럼 검을 날릴 수 있는 상대.

부상을 당하기는 해도 죽지는 않을 상대가 어디 전검을 익히는 자에게 구하기 쉬운 상대랴.

"그럼 바로 갑니다?"

터억—

이 많은 사람들이 있는 연무장에서 오직 그만이 조금은 신이 난 얼굴로 검을 꺼내어 들어 운현의 앞에 마주 선다.

"휴우……."

"난 다음인가."

운현도 마저 자세를 잡으려니 남아 있는 무인들의 목소리가 귀를 간질인다.

'난세나 다름없는데…….'

저런 안일한 정신 상태를 가져서야!

의명 의방에서 있으면서 난세를 확실히 겪지는 못하고 있으니, 저럴 수 있는 것일지도 모른다.

"다음부터는 제대로 할 겁니다. 아주 제대로요."

자신도 안일했지만, 다른 이들의 교육도 제대로 해야겠다 생각이 든 운현이다.

잔뜩 긴장을 하기 시작하는 무인들을 두고는,

"오시죠!"

"그럼 갑니다!"

왕정과 한 수 나누기 시작하는 운현이었다.

第十五章
그, 돌아오다

운현의 의방에는 특별한 곳이 있다.

접수처.

운현이 들여 놓은 체계로, 무엇을 치료하러 왔는지 의원을 보기 이전에 미리 말을 하는 곳이다.

처음에는 이게 뭔 헛짓인가 했지만 지금에 이르러서는 그 효용성이 증명됐다.

어디가 아픈지 알아내고, 그것을 특기로 한 의원에게 보내는 것만으로도 더 쉬이 많은 이들을 치료할 수 있었으니까.

그래서 다른 곳은 몰라도 이곳 등산현에서만큼은 어색하지 않은 곳이 접수처다.

그 접수처에 잔뜩 초췌해진 몸을 하고서는 돌아온 이가 있었다.

한울이었다.

깔끔하기만 한 평소의 그답지 않은 모습이었다.

일이 잘되든 못되든, 집을 떠나고 보면 나 개고생인 걸 증명하는 듯한 모습이랄까.

그 전이야 느지막이 돌아와서 깔끔함을 챙길 수 있기는 했다.

하지만 등산현에 거의 다 도착하면서부터는 그도 마음이 달아올랐는지, 몸을 챙기기보다는 속도를 내다 보니 저 꼴이다.

먼지도 잔뜩 묻고, 옷 끄트머리가 해져가기도 하는 모습.

누가 봐도 타지서 꽤 고생한 모습이라고 하기에 어색함이 전혀 없는 모습이다.

"어이쿠! 오셨습니까!"

그런 그를 가장 먼저 알아본 것은 이곳의 약초꾼으로 유명한 방 씨였다.

평소처럼 말려서 챙겨 온 약초들을 챙겨오던 그는, 주변을 잘 살펴야 하는 약초꾼답게 주변 보는 눈이 넓었다.

덕분에 가장 먼저 초췌하지만 당당히 발을 디디고 있는 한울을 알아볼 수 있었다.

"하핫. 오랜만입니다."

"아무렴요! 정말 오랜만에 뵙습니다. 멀리 다녀오셨다 들었는데, 잘 다녀오셨지요?"

"예. 덕분에. 그나저나 실례기는 하겠지만 제가 볼일을 좀 봐야겠습니다."

똑 부러지는 말투.

이곳의 총관을 맡은 한울다운 말투였다.

반가움을 표하는 와중에 달리 일이 있다고 한 것이기에, 방 약초꾼으로서는 기분이 나쁠 법도 한 상황.

하지만 평소 한울을 자주 봐 왔던 방 씨인지라 괜히 기분 상해하거나 하지는 않았다.

그의 성정을 알고 있는 덕이다.

"어이쿠. 괜히 바쁘신 분을 잡았습니다그려. 여독도 잘 푸시고, 그럼 먼저 갑니다요?"

"감사합니다."

"어이! 약초값은 다음에 또 오면 치르자고."

"살펴 가세요!"

가는 그 순간까지도, 거래처의 가장 앞선을 담당하는 접수처에 인사를 잊지 않는 방 약초꾼이었다.

저래서 다른 약초꾼들에게도 미움 받지 않고 잘 녹아드는 구나 싶은 사람이었다.

누가 봐도 어디 가서 욕먹고 살 사람은 아니었다.

그런 방 약초꾼을 한참 보던 한울이 고개를 돌려 접수처를 맡고 있는 장안진에게 묻는다.

"신의님은?"

다른 이에게야 존대를 하지만, 지신의 아랫사람인 상안진에겐 하대를 하는 한울이었다. 어색함은 전혀 없었다.

장안진이 괜히 죄라도 지은 듯 조금 움찔하며 한울에게 답한다.

"근래에는 한 군데에만 있으십니다."

"한 군데? 설마 또 약을 만드시겠다고 틀어박히신 건가?"

"아닙니다. 차라리 그러시면 의방이 좀 조용할지도요. 다른 데 있으십니다."

"어딘가?"

한울의 표정에 궁금증이 어린다.

평소 서찰을 잘 챙겨 읽다가, 의방에 오면서부터는 그 거리가 가까워져 서찰 주고받기를 좀 소홀히 한 그다.

'별일이 없을 거라 여겼거늘……'

등산현에 도착하기만 하면 바로 확인을 할 터이니 그 사이에 운현이 사고를 친다거나 하지는 않을 거라 여겼거늘!

어째 접수처의 장안진이 하는 이야기를 들어 보아하니, 무언가 일이 생기긴 생긴 듯했다. 그것도 의방에서.

또 뭔 일이 벌어지고 있단 말인가.

군자라면 주군을 모시는 것이 도리이지 않은가.

비록 벼슬의 뜻은 꺾었더라도 자신이 군자라는 것은 잊은 적이 없던 한울이다.

그리고 그런 군자의 주군으로는 내심 운현을 삼아, 충심으로 모시고 있기도 했다.

잔소리조차도 그로서는 충심에 대한 표현 중에 하나!

그런 그가 의방을 떠나면서도 걱정했던 건 운현이 의방을 잘 꾸리고 있을지가 아니었던가.

그런데 척하면 척이라고 또 뭔가 자신이 생각지도 못한 일이 일어난 것이 분명했다.

"어서 말하게. 어딘가?"

"연무장입니다."

장안진이 머뭇거림도 없이 잽싸게 말한다.

말을 잘못했다고 경을 치는 매서운 한울은 아니지만, 이 의방의 실권자나 다름없는 게 그인 걸 아는 덕이다.

대답을 들은 한울의 눈이 가늘어진다.

"연무장?"

"예. 근래에는 의방에서 가장 오래 붙어 있으신 곳이 연무장입니다."

"허어. 그래? 이번에는 무공이라도 연구하신다고 하시던가?"

"그와 비슷한 거 같습니다."

"그 참…… 이번에는 무공이라. 난세기는 하나, 신의님이 하시는 일이라곤 전혀 생각지도 못한 방향이로군."

"안 그래도 다들 놀라곤 있습니다. 이제만 하너라도 인명석 무사님이 또……."

불쌍한 인명석.

나쁜 습관이 잔뜩 들어서인지 매일같이 운현에게 신세(?)를 지고 있는 그의 최근이 접수처로부터 울려 퍼진다.

그 말을 듣는 한울이.

"호오……."

때로 감탄을 하기도 하고.

"정말인가? 그러셨다고? 흐음. 그건 좋지 못한 거 같은데."

또 때로는 운현의 행보에 잔뜩 걱정 어린 표정을 한다.

그 이야기를 다 들으면서 진상을 파악한 한울.

"이거 바로 가 봐야겠군."

"살펴 가시죠!"

"일 보게나."

자신의 초췌한 몸뚱어리를 재정비할 참도 없이, 바로 연무장을 향해서 빠르게 몸을 날리기 시작했다.

　　　　＊　　　＊　　　＊

　저게 무슨 광경이란 말인가.

　아니 그 이전에 저 이중현이라는 자가 날아갈 수가 있기
는 한가?

　덩치가 어마어마한데?

　"우어어어억!"

　어울리지도 않는 비명을 내지르면서 쿵— 하고 연무장 한
가운데에 먼지를 낸다.

　'저러다 목이라도 꺾였으면 죽는 거 아닌가.'

　무공을 닦는다는 거 자체가 목숨을 걸고 하는 일이란 건
안다.

　그래도 눈앞의 광경은 꽤 위험한 광경이다.

　"크아아아. 내 등!"

　그래도 뒤이어지는 비명으로 봐서는 죽은 건 아닌 듯했다.
땅바닥에 등을 그대로 들이박은 것 같았다.

　따가운 정도가 아니라, 잘하면 척추에 무리가 갔을지도
모른다.

　'아닌가…… 그래도 덩치가 있으니.'

　척추를 받쳐 주는 근육이 몸을 보호해 줬을지도 모른다.

그걸 알고 운현이 무사 이중현을 그대로 날렸을지도.

자신이 주군으로 삼은 운현이 생각 없이 움직이는 자는 아니니까 거의 확실하다.

'그래도 좀 너무하지 않은가.'

무사들을 상대로 하는 건 안다지만, 저대로라면 이중현이 오늘 일과를 제대로 수행이나 할 수 있을까 싶다.

며칠 요양해야 할지도 모를 상처를 입을 수도 있는 것 아닌가.

그런데 그를 말려야 할 사람들은, 죄다 긴장한 기색도 안 보인다. 되려 평온해 보였다.

놀라는 자신만 이상해 보일 상황이다.

그 상황에서 운현의 침착한 목소리가 울려 퍼진다.

"다음은 이칠아 대협으로 하죠."

"으…… 알겠습니다!"

잔뜩 울상을 지으면서도 이칠아가 앉아 있는 동안 묻은 먼지를 털면서 나선다.

그러곤 자세를 잡는데, 그 기세가 한울이 봐도 꽤 매서워 보였다.

평상시 사람 좋아 보이는 이칠아의 모습이 아니라, 잘 단련된 무인의 그런 기세다. 진짜 무인 같았다.

"바로 갑니다!"

"오세요. 그리고 치료는 우진 의원님 차렙니다."

괴물 같으니라고.

발길질을 날려대는 이칠아를 상대로 왼팔로 툭하고 가볍게 막는다. 그러곤 동시에 치료 명령을 내리다니.

무공을 사용하면서 동시에 주변도 챙긴다는 소리가 아닌가.

명령만 내리는 건 쉬운 일이라지만, 저렇게 무공까지 펼치면서 명령을 내리는 것은 또 새로웠다.

'시간이 갈수록 변화가 너무 빠르지 않는가.'

점차 괴이하게 발전해 가는 운현이다.

안 그래도 빨라도 너무 빠른 성장을 한다 여겼는데, 갈수록 인간의 어떤 기준을 넘어서 가는 느낌이었다.

어느 쪽이든 운현을 따를 생각을 내심 하고 있는 한올이지만, 저런 걸 볼 때면 하늘 참 불공평하기는 하구나 생각이 들곤 한다.

자신은 죽어라 노력을 해 놓고도 학사로서 성공을 했다 말할 수 없는데.

운현은 문무겸비(文武兼備)를 넘어, 그 이상의 어떤 경지로 내달리고 있는 느낌이다.

"으휴."

저런 주군을 모시려면 더 노력해야겠지.

그래도 당장은 감탄만 하기보다는 좀 말려야 할 것도 같았다. 그로서도 성도 무한까지 다녀오면서 해야 할 일이 많았으니까.

"신의님!"

움찔했다.

신의가 그답지 않게 움찔한 걸, 한울로서도 분명 볼 수 있었다!

"헛?"

"읏…… 크으…….."

그리고 동시에 이칠아에게 생각지도 못한 타격을 준 게 보였다. 움찔하면서 힘 조절을 잘못하기라도 한 건가!

그런데 하필이면 그곳에 공격이 들어갈 것은 또 뭐란 말인가.

왜 하필 중심을!

남자의 그곳에 퍽하니 타격이 들어간단 말인가!

'내가 부른 게 그리 놀랄 만한 일이었던가.'

한울이 자책을 할 시간도 허락이 되지 않았다. 생각지도 못하게 촌극이 그려져 버렸다.

일 초. 이 초. 삼 초.

수초의 시간이 순식간에 지나간다.

"크아아아아아악!"

그제야 이칠아의 고통 어린 괴성이 울려 퍼진다.

그의 멈췄던 시간이 돌아온 게다. 본래부터 그곳은 타격을 입게 되면 잠시 그 아픔을 느끼지 못하니까!

아주 제대로 정통으로 맞은 것이 분명했다.

"크아아아악! 크으!"

잔뜩 고통을 표현하고 있는 이칠아를 보면서 운현이 어색하게 웃는다.

한울을 한 번 보고 다시 이칠아를 한 번 보며 난감해하는 기색이 역력하다. 어찌해야 하는지 고민 중인 게 분명했다.

이내.

고오오—

잔뜩 기를 끌어 올리고서는, 이칠아의 등에 손을 가져다 대는 운현이다.

안 봐도 훤했다.

"크으으……."

고통에 겨워 괴성을 내지르던, 무인으로서의 체면이고 뭐고 내던지고 고통을 표하던 이칠아의 고통이 조금씩 사그라드는 게 보인다.

'선천진기를 저런 데 쓰는 걸 볼 줄이야……'

과연 선천진기!

저걸 저리도 순식간에 가라앉힐 줄이야.

직접 환부를 보지는 않았더라도, 어마어마한 타격이 갔을 진대 그걸 순식간에 치료한다.

굉장한 효험이었다.

선천진기의 생각지도 못한 일면을 본 느낌에, 다들 입이 벌어진다.

"햐……."

"대단하기는 대단하군."

다른 이들도 그걸 느꼈는지, 무사고 의원이고 가릴 것 없이 감탄한 기색이 역력했다.

다만 이 상황을 즐길 수 없는 자는 딱 둘.

하나는,

'하참…… 이 의방에 와서 제일 어이없는 꼴을 이런 식으로 볼 줄이야.'

본의 아니게 운현을 놀라게 해서 이 상황을 촌극으로 만들어 버린 한울.

그리고 또 하나는.

"커흠. 오셨습니까?"

어울리지도 않게 잔뜩 헛기침을 하면서 그제야 체면을 차리는 운현이었다.

*   *   *

어딘가에 촌극이 벌어지면 또 어딘가에선 비극이 벌어질 수도 있는 법이다.

누구나 행복할 수만은 없듯, 누군가의 행복한 시간이 또 다른 누군가에게 불행한 시간일 수도 있는 건 당연한 일이니까.

하지만 그 차이가 이리 심해서야 쓰겠는가.

불공평한 세상이라지만, 이 광경은 심각해도 너무 심각했다.

"아, 아빠!"

어린아이가 다 쓰러져 가는 아버지를 감싸고 울부짖는다.

어미가 말릴 새도 없었다. 자신의 아비가 쓰러졌는데, 달려들어 울부짖는 건 천륜과도 같은 행위이지 않은가.

다른 누구라도 그 광경을 보고 눈시울을 붉힌다면 붉히었지, 욕을 하는 자는 감히 없을 게다.

하지만 그걸 말릴 수밖에 없다.

"아현아. 안 돼!"

아비가 쓰러져 울부짖는 아이를, 아이의 어미가 막을 수밖에 없었다.

그녀도 너무도 슬퍼, 고된 생활에 젊은 나이에 하나둘씩 아로새긴 주름 하나, 하나를 구기면서 동시에 아비를 감싸

안은 아들을 떼어 냈다.

어린아이가 무슨 힘이 있으랴.

"아빠! 아빠아!"

여인이 잡아당기자 그대로 끌려온다.

여인의 힘이 유별나지는 않아도, 자기 아이 하나 끌어 올리는 건 일도 아니었다.

하기는 여인으로서는 지아비를 여읜 여인으로서가 아닌, 어미로서 하는 행위다. 아들을 구하기 위해 잔뜩 힘을 주는데, 아이가 어찌 배길쏘냐.

"안 된다! 안 돼!"

"아빠예요! 아빠라고요!"

그 속도 모르고 아빠이지 않느냐 외친다. 아이로서는 상황이 어떤지 알면서도 인정을 하기 싫은 게다.

"그래도! 알지 않느냐."

"우아아아아앙!"

아이가 울부짖는다.

아까부터 눈물을 한 방울, 두 방울 떨어뜨리던 그런 울음이 아니었다.

아이다운 울음. 너무도 슬퍼서 내뱉는, 주변은 생각지도 않은 채로 슬픔을 표현하는 데만 전념하는 그런 울음이다.

"울지 마라…… 울지 마……."

그 울음을 보는 어미의 속이 찢어진다.

여인이라고 해서 어찌 지아비를 그대로 두고 싶어 그러겠는가. 그럴 수 없어서 그리하는 게다.

지아비를 잃었는데 자식마저도 잃을 수는 없었으니까.

장례라도 치러 주고 싶었지만, 그러다가는 이어서 횡액을 당할 수 있다.

잔뜩 망설이던 기색을 지우고서는 여인이 굳은 손으로 아들의 손을 부여잡는다.

아이를 잡은 손, 다른 한쪽에는 미처 다 챙기지 못한 짐이 어수선하게 보따리 안에 담겨 있는 채다.

"어서 가자."

"그래도……"

"어서 가재도!"

"……흡…… 네에……"

앞뒤를 재지 않고 울부짖어 보아설까. 그 설움이 조금이라도 씻기긴 한 걸까?

아이가 울던 걸 멈추고 어미의 손을 잡는다.

그러곤 그대로 삐걱거리는 문을 열어 앞장서는 어미의 뒤를 따른다.

"어서 신어라."

"……"

급히 신을 신는다.

다 해지기는 했지만, 처음 이 신을 줄 때만 하더라도 아비는 살아 있었다.

이 다 닳은 신 하나를 어디서 구해 와서는 약속했다.

"이다음에 더 좋은 꼬까신 사 줄게."

"정말?"

"그럼은! 누구 자식인데!"

그 어느 때보다 환한 표정을 했었다.

맨날 굳은 표정만 해서는 자기 아빠는 웃지도 못하는 게 아닐까 했던 어린 걱정을 다 날려줄 만큼 환한 표정이었다.

그런데 그 아버지가 차가운 방구석에 그대로 누워버렸다.

꼬까옷은커녕 꼬까신도 사주지 못했다.

하기는 이제는 상관없었다. 그런 신발, 옷을 바란 게 아니었다.

그냥 아버지만 있으면 됐다. 환하지는 않더라도, 항상 굳은 표정만 하고 엄하기만 한 아버지라도 있으면 됐다.

그거면 되는데, 이제는 그마저도 없는 거 같았다. 어리디어리고, 어리석은 나이지만 적어도 그 정도는 알아챌 눈치가 있었다.

아비가 없는 게 싫다.

"가자."

"네……."

현실을 인정하기 싫다. 그래서 아이는 더 멍하니 어미의
말을 듣는 걸지도 몰랐다.

터벅터벅.

둘 모두 아무런 힘없이 걸음을 옮긴다.

아버지가 누워 있는 집을 더는 보기 싫어 앞을 바라본다.
그제야 또 실감해 버린다.

'옆집에 왕칠. 앞집에 이현……'

친구였는데. 소꿉친구.

언제나 함께할 것만 같았던 친구들이 가장 먼저 쓰러졌더
랬지.

자신은 그래도 또래 중에는 덩치가 제일 커서 그럴까? 평
소 힘이 세다는 소리를 듣기는 했는데.

그래도 너무하지 않은가. 자기만 남았다.

"어서. 가자……가야…… 쿳……."

"어, 엄마?"

어머니의 몸이 흔들린다. 이건. 아버지와 같은.

"……너, 너라도 가아."

"……엄마! 엄마! 안 돼!"

어머니의 몸이 이내 스러진다.

이 아이만의 불행일까.

아니. 많은 이들이 흔들리고 있었다.

저 북쪽에서 시작된 횡액이 점차 남하하고 있었다. 많은 이들의 불행을 안고서.

〈다음 권에 계속〉